尿布甩尾的
每一天

橘王子和貓奴家族的
爆笑生活實錄

文字・攝影
Zoey
橘王子代言人

推薦序

其實我們把貓視為一家人

《家有諧星貓 I am Baijiji》作者　張角倫

第一次知道橘王子，是在網路上看到瘋傳的嫦娥造型照。當時並不知道嫦娥貓（橘王子）是隻行動不便的貓咪，只覺得牠的主人一定很有愛又很有才華，所以讓我對那張照片印象深刻。而後在「我是白吉」的臉書專頁上，曾有人想救助一隻名為圓圓的癱瘓貓，當時不少網友紛紛留言說可以請教「橘王子」有關後續的照護問題，那時我才跟著開始關注橘王子，後來也才知道原來……那隻可愛的嫦娥貓就是橘王子本人啊～得知橘王子的勵志故事即將出版成書讓更多人知道，實是萬分期待！

因為返家時遇見的緣分，當三姊弟掙扎是否要把下半身癱瘓的小小橘帶回家照顧時，那一刻絕對是需要萬分勇氣的！萬幸遇到了好棒醫生和阿姨無私的幫助（怎麼好像從救助到小橘之後，一切都有貴人相助？小橘註定是要得人疼的吧～），也讓他們更堅定要保護小橘的信念。加上家長們從反對到接受的變化，也絕對是一家人才會給予的信任與支持！

書中用心記錄了作者一家與每隻貓相遇、相處的過程。同為貓奴，一句話、一張照片，就很能夠觸動與共鳴。當我們把毛孩子當作家裡的一份子時，三不五時就會尋找牠的蹤跡，工作片刻轉頭看看牠在幹嘛、碗裡的水乾不乾淨、有沒有吃飽、有沒有上大小號、外出或回家時都要打招呼、說說話等，都是例行性的生活大小事，

有時也許在照顧自己家人或男女朋友上，都還沒有那麼勤快呢。

而書裡「橘子與貓4小紅豆」篇，也換來我的熱淚奪眶。與認養人Ａ先生之間的互動，是中途者與認養人之間的一種協議：必須定期讓中途知道被認養後的貓是否得到妥善的照顧。雖然Ａ先生認養的小紅豆，最後沒能一起長長久久地生活下去，但我相信那份回憶會永遠埋在心中……想到心會痛，但卻很深刻。

一個人的力量也許很小，但一個家庭帶來的力量卻可以很大、很驚人！

小橘剛開始的遭遇令人萬分同情與不捨，但能遇到作者一家人，小橘真的是從地獄衝上了天堂，而好在小橘也很努力地生活與配合復健。小橘的出現，可以令人強烈感受到這家人的感情很好，對於毛孩子也有無限的疼愛與包容力。他們把毛孩子們當作家人般對待，理所當然地付出不講回報，只求一個瞬間、熱切的眼神回應……身為貓奴，願望真的很小、很卑微又很了不得。

Zoey以輕鬆又帶點幽默的口吻，詮釋關於他們一家人與三隻貓相遇的故事。與柳丁、蘋果、橘子（水果系萌貓）互動的過程，看著看著就會讓人一邊傻笑，一下感到鼻子酸酸的，一下又會感到心裡暖暖的。

誠心推薦《尿布甩尾的每一天》，拜讀完後內心充斥滿滿的感動，相信也絕對會帶給大家滿滿的正面能量。

最後，我也好想被小橘的月餅掌推一推啊～

推薦序

看見對生命的渴求

《賞喵悅目》貓咪攝影作家　小賢豆豆媽

　　好棒！橘王子的故事要出書了，我是「尿布甩尾的每一天」粉絲，而我家也有一隻差點癱瘓的貓——滿滿，只是牠比橘王子幸運一點，現在身體恢復了八成。

　　其實，貓比我們想像的更堅強、更樂觀，牠們對生命的渴求令我們動容，看著橘王子生活的點點滴滴，我們又有什麼理由不樂觀進取呢？

　　陽光的橘王子，繼續加油喔！

讓我哭笑不已的感動喵記

「阿貓塗鴉趣」圖文部落格作家　阿貓

　　老實說，一開始看到書名《尿布甩尾的每一天》時，我一直認為這應該是一本關於貓的搞笑故事。

　　但，我錯了！在看這本書時，我哭了，也笑了。

　　橘王子的故事讓我不禁回想起先前撿到的流浪貓「小傑」。牠頭頂破了一個洞、下巴脫臼，滿是傷痕地出現在我面前，那時候為了要照顧牠、幫牠找個好人家也花了我不少心力，至今仍能想起當初看見牠的心疼。

　　另外，說服父母如何接受一個新成員（我們家的貓Amy）的心情，書中的敘述也讓我完全感同身受：「對！對！爸媽的反應就是這樣。」我不停地笑著附和。

　　看著小橘日益成長及充滿逗趣的生活，也讓我揚起了安心的微笑。相信喜歡貓，而且同樣身為貓奴的你，也會像我一樣非常喜愛這本書！

推薦序

學會用貓的視界來守護牠們

臺鐵猴硐車站站長　黃政民

　　猴硐站的貓村，是屬於貓的國度。

　　在猴硐，看多了遊客的來往去留，也看慣了貓咪們撒嬌討賞的模樣。總覺得在這裡的貓，擁有理所當然的幸福：志工們的細心呵護、新北市政府的消毒防疫、眾多遊客撫弄餵食、車站人員的清潔打掃等，真是集三千寵愛於貓身且不愁吃玩！

　　而作者 Zoey 的家裡，則是貓的神仙殿堂。

　　毛孩子除了不愁吃「穿」，更有人甘為貓奴關注且照料著。所以牠們可以任性妄為，可以生氣撒嬌，可以老大不甩的裝優雅，可以肆無忌憚地上桌偷吃，更可以聰穎狡點地以逗弄 Zoey 一家人為樂……這些都是 Zoey 一家人對毛孩子們的真心對待。

　　養隻貓吧！

　　如果你養過貓，相信這是一本能引起你共鳴並打從心底微笑頻頻稱諾的書。或者你還沒養過貓，這將是一本最佳導讀。這本書教你卸下人的矜持、蹲下身子以貓的視界來和牠們接觸。如果你夠誠懇、夠單純率真，那麼牠們也會以人的高度回應你信任和依偎。

　　也請你撥空到猴硐來走走，蹲下身子，尋訪屬於你內心的小精靈，或到第一月台的行車室看看貓站長「阿肥」陪值班站長值勤的可愛模樣吧。

目　　錄
CONTENTS

Part I
橘王子的萌友

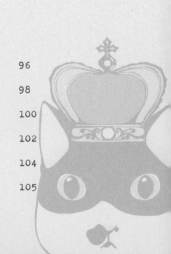

Part II
全家變貓奴

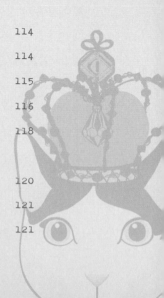

Part III
橘王子的日常生活

橘王子賜給我們的寶物

　　橘王子，本名橘子（綽號小橘），常見的橘眼橘虎斑米克斯公貓，原先在山腳下討生活的一隻流浪貓。牠有張英式鬆餅般蓬鬆圓滾的漂亮臉蛋，即使放鬆時也呈現烏黑水潤的瞳孔，渾圓柔嫩的肥肚肚與厚實毛絨的月餅掌。喜歡吃蔬菜，也喜歡小麥草。

　　唯一與普通貓咪不同的地方是──撿到牠時，牠的下半身已癱瘓，原因不明。因為這樣，橘子的認養資訊貼在各大貓版卻始終毫無回音，在面臨數次死亡危機、幾經波折之後，才終於成為我們家的第三隻貓。

尿布貓偶像的稱號

　　為了保護長時間在地上拖行的屁股，牠隨時都得包著尿布。而為了包尿布方便從小剃毛，並在天冷時穿衣服的習慣之下，橘子對於各種衣著飾品都有著相當高的接受度，對鏡頭更是敏銳（相機越高級越好），是隻天生的偶像貓。

　　除此之外，橘子還是個實力派演員，裝可憐的功夫一流：牠細柔、哀戚的嗓音與無辜的眼神，總能讓你心甘情願買回預定外的罐頭、零食，或者心軟讓牠偶爾少做一點復健。

　　儘管身體上有著缺陷，橘子從來不會讓自己的生活失去樂趣。

　　牠得意於偷偷學會衝下樓梯的方法，在瓦楞紙製波浪床上磨

爪爪的帥勁姿態,每次都非要人稱讚了才會停止;雖然可以迅速爬上沙發椅,但我們在場的話,牠就會裝作柔弱無力要人抱上去;不吃便宜的罐頭和餅乾,帶回家的新鮮蔬菜都得先經過牠的審核與品嘗;幾乎每晚都吵著要人抱上床,相互依偎著呼嚕入睡。即使是最討厭的輪椅復健時間,牠都能找出樂趣,不但一下子就學會各種操控輪椅的技術,還駕著輪椅站在門縫偷看外面的噪音究竟是發生了什麼事。

別怕,沒問題的!

兩年前橘子曾經差點死掉,儘管我們一直很小心,但牠還是將不知道從哪撿來,塞冷氣機縫隙的泡棉偷吃進肚子裡。

因為泡棉塞住腸子,牠一吃東西就會馬上吐出來,簡直把我嚇壞了;最後吐到都沒有東西可以吐,但只要吃飯時間一到,牠還是

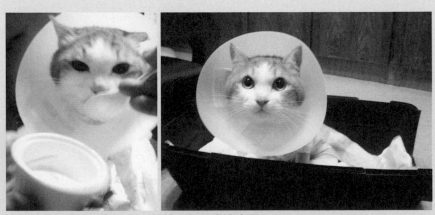

出院後值得慶祝的第一餐,終於又能正常進食了。

會努力湊近牠的碗。

　　找到生病原因之前，短短兩三天牠就變得骨瘦如柴。我每天帶牠跑醫院，早上把牠放在那裡吊點滴，中午和下午去幫牠擠尿，傍晚再把牠接回來。我幾乎完全無法入眠，常盯著橘子一夜未闔眼，有天還因精神恍惚在巷子裡差點被小貨車撞上。

　　後來我帶著牠準備衝去照X光，在車上橘子很害怕，老實說我比牠更害怕。我好怕來不及，會失去牠。但當我把手伸進外出袋想安撫橘子時，牠卻忽然撐起身體用力地頂我的手磨蹭臉頰，然後捲好手手用安穩、信任的眼神一直注視著我。

　　那時候我覺得反而是我被牠給撫慰了。

　　當下全身又充滿勇氣，一字一字對橘子說：「我一定會保護你的。」

　　幸好之後即時找到原因，橘子也順利恢復健康。但是，這件事情讓我印象非常深刻，因為當時橘子的眼神好像在告訴我：「別怕，沒問題的！」

　　表面上，我們救了一隻路邊爬行的癱瘓貓，但其實，是牠讓我們看見更多重要的東西、感受到更多來自別人的溫暖。除此之外，每當我覺得沮喪或疲倦的時刻，這些毛孩子們總會用各種方式讓我能夠繼續努力下去。

　　很多人因為橘子的緣故而對我們釋出善意、主動提供幫助，甚至送一些小禮物給家中三隻貓。即使只是接收到一個微笑，或者一句稱讚，橘子總能輕鬆拉近四周陌生人與我們的距離。

　　我不斷提醒自己，能夠收到這些溫柔的心意，絕非理所當然。常有人會告訴我，因為橘子而開始喜歡貓，或看了橘子的照片而感到一天的疲勞被撫慰，讓我感到非常開心。這些全都是橘子賜予給

我們的寶物，也是讓我繼續前進的動力。

幸福圓滾的橘子貓

　　橘子也許癱瘓了行動不便，剛被撿到的時候情況也不樂觀，但是現在的牠備受寵愛，已經是到達有點被寵壞程度的小王八蛋了。撿到牠的時候脊椎傷口早已癒合，只是神經大概沒有接好，醫生說：「完全治癒的方法是把神經打斷、重新接好，但不可能會有人這麼做。」

　　所以我們也不會強求牠一定要恢復成正常貓咪那樣可飛可跳，只希望牠這樣健健康康就好。關於牠的後腳，也已經是牠的一大特色，像是使橘子爆紅的嫦娥造型事件，以及小美人魚裝扮，都是將牠後腳平常的特色坐姿考慮進去而設計的。每隻貓都有牠的特色和最可愛的地方，身為主人一定最清楚。

摸得很用力系列。

自負一點地說，我覺得現在的橘子只是需要稍微費心照顧，並不「可憐」，牠常常用唱歌施加精神壓力逼迫我們為牠做各種事情呢。牠看起來也一點都不在乎後腳是否能夠站起來，反正牠還是跑得飛快，而一些像是脊椎側彎、體重之類的健康問題，有我們替牠擔心就夠了。

　　其實動物在外面流浪真的很危險。如果橘子的遭遇使你感到心疼，希望今後每個人都能更關心身邊的流浪貓，了解幫流浪貓結紮的重要性，並以認養代替購買。

　　這隻全身上下都圓滾滾的橘子貓，每天在家裡和兩隻貓哥哥柳丁、蘋果一起，被爸爸、媽媽、大姊OHNONO、二姊我，以及弟弟研一包圍，用自己的方式努力過生活，並且為我們帶來各地人們的善意及許多溫暖力量，同時也正療癒著我們的心靈。

一秒搞懂貓奴家族！

橘王子
本名橘子。
身手矯健貓偶像。

丁德華
本名柳丁。
橘子的崇拜巨星。

果果
本名蘋果。
可怕的橘子狩獵者。

媽媽
三隻貓的主人。

爸爸
可供三隻貓予取予
求的人。

OHNONO
大姊。讓三隻貓聞之
喪膽的宇宙大魔王。

ZOEY
二姊。三隻貓（特別
是橘王子）的僕人。

研一
弟弟。
橘子室友兼公貓情人。

Part 1

///

橘王子的萌友

橘子——初次見面

那陣子連日下著午後雷陣雨，到處都是積水，當年的小橘就在泥濘裡爬行。

2007年7月爬山返家的途中，OHNONO（姊姊）瞄到路邊水溝蓋上有個正在掙扎的小小身影。因為當時在車上很快略過去所以沒看清楚，但似乎是隻小貓咪，而且下半身好像有點問題，不知道是不是卡住了。OHNONO很緊張地告訴我和研一（弟弟），我們馬上決定——一回家就偷偷再騎車溜出門看，就算白跑一趟也無所謂，只希望是OHNONO看錯了。

很遺憾地，當我們回到山腳下時發現，這隻小小貓的下半身確實是癱瘓了。我到現在依然清楚記得當時的情景：在一家修車行的人行道前，牠趴在路邊和我對視，粉嫩的舌頭呃著嘴，圓黑晶亮的眼睛、警戒的眼神和一張小小的臉，非常地可愛。然而和可愛的長相完全不同的是，牠的下半身就像是破爛的垃圾袋拖行在後面，全身沾滿泥濘，慘不忍睹。

其實一開始，我是想當作沒看到的。

雖然在這之前我們有送養過幾隻小貓咪的經驗，可是牠們都很健康。我一看就知道，這隻貓不會有人要的。當時家裡已經有柳丁和蘋果兩隻貓了，爸媽肯定不會答應讓我們再養一隻的，更何況是一隻癱瘓貓。我們沒有經驗，不知道怎麼照顧，以後一定會有很多

麻煩的問題要解決。我們三人站在路邊不知道該怎麼辦，我把我的想法說出來，叫OHNONO要想清楚。

OHNONO說：「**可是難道要假裝沒看到嗎？**」我說：「你要想清楚，這一救就是一輩子的事情。」但她堅持要救這隻小貓咪，研一沒意見，我想既然大家都願意面對承擔這隻小貓的一生，那我也沒什麼好反對了。（結果前幾年大部分都是我在照顧啊！）

我們決定先帶牠去常光顧的動物醫院，請醫生檢查一下健康狀況。因為我們手邊沒有準備任何東西，於是就到附近的便利商店買塑膠袋，想用袋子裝牠過去。（沒有對付過流浪貓的人的最佳錯誤示範）

也許是害怕人的緣故，牠用兩隻前腳奮力地往前爬，身體陷在路邊混濁的泥水裡掙扎。我站在路邊注視著牠，看牠拖著完全無法動作的下半身，忍不住濕了眼眶……這麼漂亮可愛的小貓咪，看起來這麼有活力，怎麼下半身就不能動了呢？我猜想是缺乏食物的原因，讓牠的身體非常瘦小。OHNONO買來塑膠袋讓我套在手上靠近小貓，牠似乎發現了我的意圖，加快爬行的速度想離開那裡，但牠畢竟只有兩隻腳可以用，我不用幾步就能追上。於是牠改用牙齒攻擊，我的左手被咬了四個洞，每一次都咬得非常用力，可見牠有多麼害怕人類，更讓人不忍想像在牠身上究竟發生過什麼事情。

我的傷口瘋狂噴血，而且被咬得太深了很痛，所以我們決定回到獸醫院跟醫生求救，請醫生先幫我消毒，還到附近診所打了人生中的第一支破傷風。之後我厚著臉皮請求醫生的幫助，想不到醫生一口答應，還派了一位神勇工讀生一起去抓貓。這讓我非常感動，醫生明明知道貓抓回來之後一定是寄養在醫院，而且是沒有多少收

入的工作，卻一點都不嫌麻煩！

那陣子蘋果耳朵發炎，天天去醫院報到，我們那天也照常帶蘋果去醫院清耳朵，因為我降級成了傷患，只好抱著蘋果獨自一人留守醫院，由OHNONO和研一騎著機車帶領勇者衝向滑溜小橘。據說勇者不愧是勇者，當他們回到現場發現小貓咪不見時，也是勇者先找到了牠：當大家還在慌亂地找貓的時候，勇者笑著指指車底下，發現小橘躲了進去。

正在努力撲貓時，修車行隔壁的窗簾店長一旁看熱鬧地問：「這是你們的貓嗎？」OHNONO說不是，但是想救牠回去。店長馬上進去拿了一根架窗簾的杆子借給勇者使用，沒過多久，勇者就把小橘捉了出來並放進醫生借我們的外出籠裡。（狀態：負傷一孔。）

回到獸醫院後，醫生幫小橘稍微檢查了一下。大概3、4個月大，推算應該是4月份出生的，看起來並沒有外傷，至於牠為何會癱瘓，醫生說有可能是被人打的，也可能是被車撞到。我們不敢讓爸媽知道這件事，只好先將牠寄養在動物醫院。

到底醫院對牠有多好呢？一開始小橘非常害怕人類，隨時都

剛救回來的小橘很有戒心，見人就哈氣。橘子個性非常溫馴，當時卻不斷對人哈氣，可見牠有多麼害怕，現在想起來還是很心疼。

在怒吼、哈氣，不給人摸。有一天還自己從最頂端的籠子跳下去躲在角落裡，嚇出我一身冷汗。剛開始小橘還會自己排泄，所以常常弄得自己一身屎尿又髒又臭。醫院的阿姨天天幫牠換看護墊、兩三天就幫牠洗一次澡，怕牠營養不良每天開罐頭給牠吃，醫生還幫牠吊點滴、打營養針。第一天小橘不給大家碰，打了輕微麻醉才能檢查，結果一個禮拜後，小橘不但開始願意給我們摸摸、揉揉，竟然也會對醫生和阿姨撒嬌了！

　　不過這個時候，醫生第一次跟我們說，小橘很有可能會早夭。牠的身體狀況很差，屁股因為感染出現了一個很大的傷口，皮膚整塊不見，血紅的肉翻出來怵目驚心，每天都要打抗生素、消炎針。醫生救過了很多隻這樣的動物，結局都不算是很好。阿姨也說：「在牠生前好好照顧牠，盡力了就好。」雖然明白這個道理，但我們實在是無法這麼灑脫……

　　那陣子壓力很大，常常睡不好、做惡夢，瞞著爸媽也讓我們很不好受。只記得那時，醫生和阿姨真的幫助我們很多。那段時間內的所有醫藥費、清潔費、罐頭飼料錢，醫生都堅持不肯收，只收了我們一點點的住院費用。我想醫生的幫忙，除了在現實層面幫助很大，最重要的是讓我們在心靈上更有勇氣能夠繼續努力。幸虧小橘的求生意志也很強，在醫院的細心照顧之下，小橘終於開始長肉，傷口也慢慢癒合，變得越來越漂亮。

　　在醫院的時候，常常有人會驚呼小橘好漂亮，但身體怎麼會變成這個樣子？我們也只能無奈地一次又一次敘述過程，卻一直都找不到人願意給牠一個家。貼在各大網站及貓版的領養資訊始終乏人問津，繼續這樣麻煩醫院下去也不是辦法。

　　我們討論之後，決定先偷養在虎尾念書的研一那裡，於是，小

橘終於有了自己的貓咪健康手冊。

橘王子下虎尾

小橘終於變得漂亮又可愛，但這時發生了一件事又讓牠面臨危機……

在醫院待了一個多月，我們每天都會帶著一塊乾淨毛巾去看小橘，怕會傷到牠的屁股。雖然小橘已經開始會對醫生、阿姨撒嬌，也認識我們了，每次看到我們都會開心地喵喵叫，但從牠的眼神還是看得出不安。

從我們決定養小橘開始，就三個人自己設立了一個小橘基金。畢竟養貓也是一筆開銷，每個月都要存一點以備不時之需，像是打針或不小心生病了，這樣醫藥費才有保障。（但後來爸媽也開始照顧小橘後，我們就完全忘了小橘基金這東西……）

兩個月後，小橘終於出院了！把小橘的住宿費結清，慎重地再次感謝醫院之後，先讓小橘在朋友家住了一晚，然後研一的女朋友帶著小橘準備一起去虎尾。第一次搭公車的小橘看起來既不安又對外界充滿好奇。

老實說那時我實在有點想哭。畢竟不知道研一一個人照不照顧得來，不知道研一的室友們會不會不喜歡牠，也不知道小橘的身體如果有問題，在虎尾能不能找到能夠信任的獸醫……

小橘下虎尾之後，我們幾乎是照三餐逼問研一：小橘好嗎？小

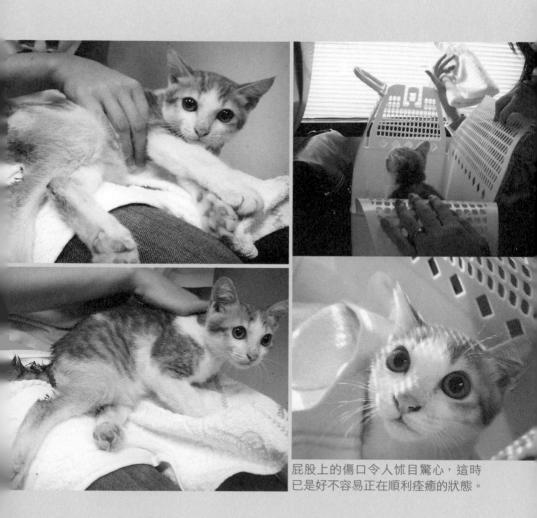

屁股上的傷口令人怵目驚心，這時
已是好不容易正在順利痊癒的狀態。

橘現在怎麼樣？有沒有傷口？有便便嗎？耐不住思念之情，硬是逼迫研一拍了一些小橘的照片給我們看。

　　照片中的小橘開始圓潤了，而且終於開始出現小貓應該有的表情。聽說這小子非常任性又愛吵鬧，研一的室友們全都非常疼愛牠，看起來小橘在虎尾過得很好。這一群大男生，有的人會陪牠玩，有人弄來了一個大籠子給牠當窩，裡面放了毛巾和牠喜歡的玩具。因為這時候牠還沒開始包尿布，其中一個室友還會幾乎天天幫牠洗澡，研一則是負責幫牠吹乾，大家分工合作一起照顧「橘王子」。

　　我常常覺得不知道是我們比較幸運，還是小橘幸運多一些。因為小橘的關係常常感受到認識與不認識人們的善意，只要抱著牠站在路邊，就會有人微笑著向我們搭話，我甚至收過一封刻意匿名的信，裡面有一小筆錢註明了要給小橘使用。還有小橘生病時朋友們的鼓勵、幫忙查資料及醫院等，這些有形與無形的心意，讓我們能夠感受到這些美好的事情，都是因為這隻貓帶來的。

　　雖然小橘下半身癱瘓，需要花更多心思去照顧，但我總是認真覺得，**這隻貓天生就是要來給人疼的。**

　　小橘的耳朵一直很髒，研一特地帶著牠回來台北一趟，請醫生指導怎麼幫牠清潔耳朵。接著兩個月後，我和OHNONO動身到虎尾探望研一（10%）和小橘（90%）。幸好我們三個從小感情很好，本來就常常會一起去逛街，所以爸媽也沒有起疑。在路上，我們兩個既興奮又緊張，不知道小橘是不是還記得我們呢？即使知道研一的室友們都很照顧牠，但還是要親眼確認才能安心。好不容易到了虎尾，開開心心地踏進研一房間一看──

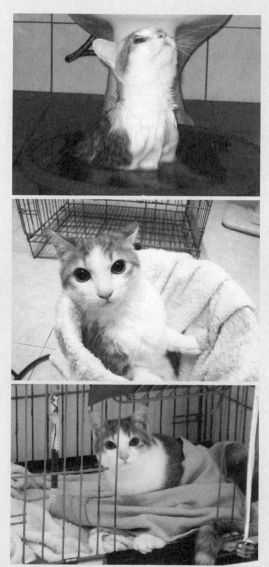

研一的室友幫牠洗澡，研一幫牠吹乾，還有小橘的籠子和玩具。

你是誰！

小橘整個圓滾了一圈，這個時候牠的長相特徵已經全部出來了：四肢肥短粗壯，連尾巴都圓滾滾；毛比柳丁和蘋果長，摸起來的感覺也完全不一樣。老實說，要不是癱瘓的下半身這特徵完全無法忽視，我真的很難相信這是同一隻貓咪……不過短短兩個月，也長得太大了吧！只能說研一他們真的養得很好。他們怕牠進出籠子會受傷，還在籠子的門口細心地貼上一層厚厚的絕緣膠帶，裡面的玩具也翻新，綁了很多條帶子給牠抓著玩。

可惜的是，從小橘的眼神看來，牠很顯然已經忘了我和OHNONO了。不過我們當晚馬上用從夜市打靶得來的玩具弓箭奪回了牠的心，箭射到哪裡，小橘也飛到哪裡。後來我們一起用電腦看 DVD 的時候，小橘還在旁邊一直叫著要我們陪牠玩耍，完全不怕我們了。

過了兩週，小橘又回台北醫院一趟，這次是來打預防針。依然是毛色亮麗且肥滋滋的。看到小橘變得這麼可愛又活潑，而且當牠看到研一的室友時還會奶叫著撒嬌，可見互動也很良好，我們總算是真正放心了。雖然知道不可能永遠瞞著爸媽把小橘偷養在虎尾，好歹暫時不用煩惱牠的安身之所。但是，我們本來以為小橘至少會在虎尾住上個一、兩年，卻在這個時候發生了一件事，迫使我們不得不提早向爸媽坦承小橘的存在。

橘王子終於進家門

媽媽把紅包遞給眼睛睜得圓滾滾、好奇的小橘嗅聞時，爸爸就笑著站在旁邊看，我知道牠終於成為我們家的一員了。

才剛從虎尾回來沒有多久，我們突然接到不好的消息：小橘屁股上發現了非常嚴重的傷口。

一開始是研一的女朋友注意到的。小橘的屁股上面有一小小塊橢圓形的深色結痂，這塊結痂我們都有印象，以為是傷口快要好的痂皮。可是過了一段不短的時間，結痂不但沒有好，範圍似乎還變大了。他們兩個馬上把小橘帶去某動物醫院，沒想到那裡的醫師竟然一邊說著：「這是什麼？」直接就將那塊皮撕了下來。

研一說，一直以來不管是打針、吃藥、洗澡等總是非常乖巧配合的小橘，第一次發出吼叫並且劇烈掙扎，可見那有多痛……（後來，台北這邊動物醫院裡一直很照顧小橘的阿姨聽到這件事很氣憤地說：「我下次要是看到那個醫生，也要把他一塊皮撕下來，看他痛不痛！」）

深褐色痂皮撕下來後，赫然發現裡面早已整片血紅，像是被菜刀反覆剁過一般的爛肉。醫院給了一些藥讓他們帶回去擦，但除了使小橘身上的毛變得一塊藍、一塊綠之外，傷口並沒有顯著好轉。聽到這件事，又得知小橘的傷口沒有癒合跡象後，我和OHNONO實在受不了了，馬上叫研一把小橘帶回台北的動物醫院來。

　　回到台北的當天晚上，隨便找了個藉口偷溜去醫院看小橘，問醫生牠的情況怎麼樣？醫生說很不樂觀，小橘又得開始每天換藥、打點滴的生活。這段時間裡，雖然醫院的人都很仔細地照顧小橘，那傷口仍然時好時壞。好的時候看起來就乾淨點，壞的時候一整片怵目驚心，甚至還有擴大跡象。小橘看到我們都會爬起來喵喵叫著討摸摸，精神看起來很不錯，然而這時卻是我們第二次接到警告：隨時要有小橘會夭折的心理準備……

　　好在小橘一直是隻求生意志堅強的貓咪，愛吃、愛玩、愛撒嬌的牠，很努力地再次熬了過去。治療了將近一個月，小橘的狀況逐漸穩定，終於慢慢縮小成直徑約3、4公分左右的傷口。當時我在外面自己租了一個房間充當工作室，於是我們就決定讓小橘出院之後，先跟我一起住在那裡。

　　為了讓小橘住得舒適，我們請醫生幫忙訂了一個大型白鐵籠子，雖然價格稍微高了點，但是不容易生鏽、損壞。（到現在都還是很好用，洗完澡吹乾都靠它！）不過，小橘其實並不太甘願待在籠子裡，所以大部分時候我都是把一張和式椅鋪上看護墊放在我身旁，我在工作時小橘就在旁邊撒嬌玩耍。後來我又在網拍上買了一個便宜的藤編寵物籃子，小橘非常喜歡，玩累了就窩在裡面乖乖睡覺。

　　晚上我睡在閣樓的房間，為了安全起見，小橘就一定得乖乖睡在籠子裡。但小橘很黏人，看不到人就會非常不安。演技派的牠會先用普通的可愛聲音叫著，慢慢地越叫越哀傷，嗓音裡充滿無限悽楚，一次至少要叫上大半夜。如果這樣都沒效，牠會先暫停一下，在我想著：「終於可以好好睡覺了吧……」的時候，就會突然聽見

正在努力想
爬進喜愛的小床

助牠一掌之力

啊～舒服！

橘子的小疊包

超巨大聲響、類似人類嘔吐的聲音！當我驚慌失措衝下樓查看發生
什麼事時，就會得到一隻開心躁動、叫聲清脆可愛的肥胖橘子貓。

　　雖然這把戲牠已經玩了無數遍，但我實在是沒辦法狠下心置之
不理，總是擔心「萬一這次是真的出事怎麼辦」而迅速衝下樓去。
放羊的孩子永遠可以得到牠想要的，因而更加樂此不疲。最後我投
降了，我放棄了舒適的閣樓、柔軟的大床，晚上就在籠子旁邊鋪上
和式椅及幾張巧拼板，認命地在王子身側陪睡。
　　這寶寶也真奇怪，明明還是被關在籠子裡，但只要我躺在旁邊
摸摸牠，就會乖乖閉上眼睛呼嚕呼嚕地進入夢鄉。

　　天氣好時，我會把小橘放在籠子裡推到窗邊讓牠曬曬太陽，偶爾把牠抱在懷裡用看護墊包著一起睡個午覺；晚上OHNONO幾乎每天都會過來找我，一起幫小橘做復健，研一如果回到台北時也會來幫忙。雖然小橘感覺過得快活多了，也越來越依賴我們，但我們的心裡總是會有個疙瘩在：害怕這段時間爸媽突然來訪，畢竟小橘的事情還是一個秘密。但其實我們也明白，這件事瞞不了多久……

　　快到年底的時候，我們終於不得不正視這個問題——因為就要過年了。除夕夜都要全家團圓的，到時候我們一定會待在家裡好幾天，而且每年過年連柳丁和蘋果都有紅包可拿，加上小橘這麼黏人，怎麼可以只有牠自己孤伶伶地待在工作室裡？不過爸爸是急性子，用說的怕會沒辦法溝通，我們三個人討論之後決定寫一封信向爸媽坦承。

　　為了表達誠意，我們先討論好內容，再由寫字最端正的OHNONO抄寫下來，最後讓還沒有撿過貓咪回家的研一送過去給爸媽。（柳丁是OHNONO帶回家的；蘋果是我帶回家的。）我還記得當時不知怎地越寫越委屈，寫著寫著和OHNONO兩人就忍不住哭了起來。

　　可能是這段時間以來累積的壓力，和小橘領養資訊始終乏人問津的心酸，我看著在一旁玩累了，窩在藤編籃子裡睡得安穩的小橘，眼淚忍不住一直往下掉。我想著：「這麼天真可愛的小寶寶，卻為什麼得過得這麼辛苦？牠到底做錯了什麼呢？」覺得自己真的好沒用。雖然事後想想那情景很好笑，但現在再重看當時的那封信時，眼睛還是酸酸的。

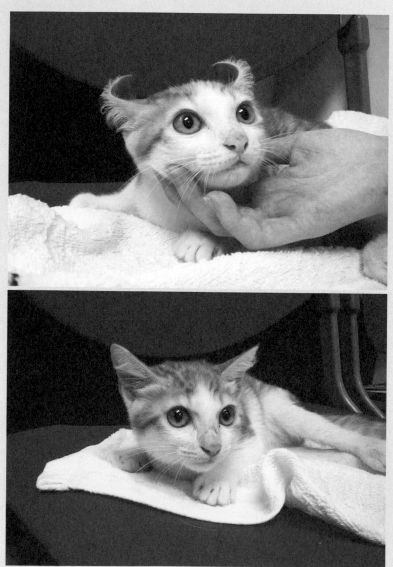

剛撿到的小小橘，以及 4 個月後的小橘

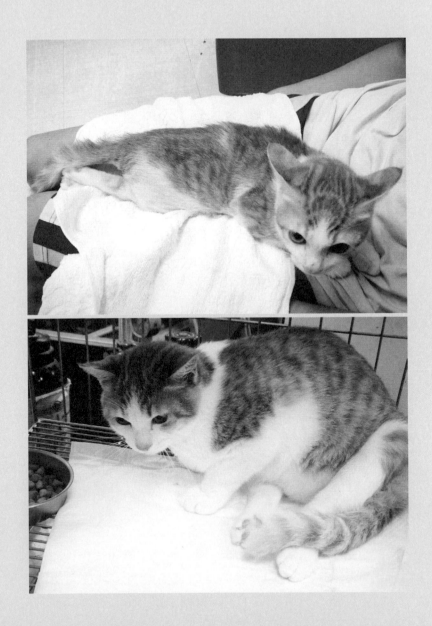

（寫給爸媽信裡面的最後一小段）

可以的話希望你們不要生氣，
我們真的不是因為看牠可愛，
或者又想養貓才偷偷帶回來，
只是希望這隻貓的命運不要這麼悲慘。
我們也不是多有正義感或多有愛心的人，
只是見死不救真的有點需要勇氣……
希望你們不要太生氣，對不起。

　　信送出去之後，爸媽就像平常一樣，跟我們說話的態度沒有特別不同的地方，只是對於信裡說的事情隻字不提。過了兩三天我終於受不了，戰戰兢兢地問：「媽，你們看那封信了嗎？」

　　媽媽馬上臉色一沉，用有點生氣的語氣說：「看啦，怎麼沒看！」接著就不再理我，繼續看她的電視，這時候我就算長了三顆膽也不敢再繼續問下去。

　　然而一個禮拜後，爸媽忽然打電話跟我說：「我們現在要過去你那裡。」

　　他們進門後先是像全天下所有爸媽一樣，東整理西整理，一邊碎碎念一邊走進我平常工作的地方——就看見了在籠子裡眼睛睜得圓溜溜的小橘。

　　我還記得當時爸媽都是腳步一頓，他們沉默了一會稍微走近，小橘害怕地縮著脖子，但又好奇地盯著他們看。我在旁邊討好地說：「很可愛吧？很可愛吧？」媽媽瞪了我一眼，隨便問些平常地

要怎麼生活之類的問題，還說：「拿回去醫院啦！」我小聲地回：「可是沒有人要啊……」媽媽就又不說話了。爸爸在一旁則是始終繃著一張臉。

爸媽回去後，邪惡的孩子如我，以過來人的身分判斷情勢應該對我們相當有利，畢竟面對一隻長相如此可愛，又拖著癱瘓下半身的貓咪，心裡的衝擊絕對不小。不是我在說，**小橘那雙寶石般的眼睛真的有股魔力，只要跟牠對視過的人都一定會愛上牠**，甚至連我一個害怕動物的朋友都會主動想要抱抱牠呢！

之後，我開始在回家吃晚餐的時候，假裝不經意提起小橘白天做了哪些可愛的事情、牠有多麼愛撒嬌、看不到人就會開始哭（不過這些倒也都是真的）……試圖博取同情。

除夕夜前一天，我們終於把小橘帶回家了。

爸媽看到小橘進門沒什麼特別反應，雖然可能覺得態度一下子軟化很沒有面子，所以講話比較大聲，但也沒有反對。他們會在我們幫小橘復健的時候站在旁邊看，嫌棄地說：「每天都要做？厚，累死了！我說你們怎麼這麼笨，給自己找麻煩！」「那邊有濕紙巾啊，用那個啦！」

當時小橘還沒開始包尿布，也還會漏尿，我們不敢讓牠出來爬怕弄髒地板，媽媽有潔癖一定會不高興。沒想到是媽媽自己說了：「讓牠出來走走啊！關起來要悶死牠嗎？弄髒地板就擦啊！」於是小橘在家裡探險的時候，後面就跟著好幾個人拿著抹布隨時待命。

然後，帶小橘回家才第二天，除夕夜的那個晚上，爸媽開開心心地把紅包分別夾在柳丁和蘋果的項圈裡，接著小橘也拿到屬於自己的紅包。

就像從小每次被罵完之後，爸媽主動若無其事跟我們說話、互

意義重大的紅包，家中一
份子的證明。

動的包容一樣，媽媽把紅包遞給眼睛睜得圓滾滾、好奇的小橘嗅聞
時，爸爸就笑著站在旁邊看。這一幕看似普通的畫面讓我始終無法
忘記，我當時就知道，這一天開始，小橘正式成為我們家的一員，
終於可以不用再讓牠過著躲躲藏藏的生活了。

尿布甩尾的每一天

我們只是給牠一些生活上的幫助，而牠卻為我們帶來很多的快樂及
圍繞在牠四周的溫暖。誰能忍心讓牠再度面臨任何威脅呢？

　　雖然如願以償地帶小橘回家過年，不過之後小橘還是天天跟我
一起通勤，並沒有馬上住進家裡。OHNONO每天下班後先騎車到
工作室，載著我和小橘一起回家，吃完飯、做完復健我再帶牠回工
作室，這樣的生活維持了好一段時間。
　　在這段時間裡，家裡擺放的小橘物品不知不覺間越來越多（慢

剛開始穿尿布沒多久的棒
棒雞腿。

慢滲透），一開始鄭重聲明說不會幫忙照顧小橘的媽媽先去買了尿
布，讓小橘可以方便四處探險玩耍，又翻出幾條小被子蓋在玩累睡
著的小橘身上；而為了穿尿布方便，爸爸開始試著幫小橘剃毛，
把一大張粉紅色的布慢慢剪成一小塊一小塊，還很花俏地在角角剪
了造型，墊在小橘習慣歪的尿布褲邊裡，可以防止牠摩擦受傷。另
外，在尿布外面再圈上一圈膠帶可以包得更牢固，這招也是爸爸發
明的。

　　有一天，媽媽忽然說：「我看小橘就待在這裡啦，你自己回去
專心工作。」可能是那陣子我的工作忙到幾乎沒時間睡覺，所以媽
媽主動提出這個建議。爸媽甚至特地買了一個折疊籠子給小橘在家
使用，上頭掛滿各種玩具。

　　日子一天又一天過去，每天回家時，媽媽會興高采烈地跟我說
今天小橘躺在落地窗前曬太陽、在地上打滾翻肚子有多可愛。當小
橘用兩隻前腳暴衝甩尾時，媽媽就會稱讚牠好帥好帥；小橘也開始
會一起到門口迎接爸爸下班（我回家時卻沒有貓來等）。感覺到小

橘的心漸漸離我越來越遠，跟爸媽越來越親近，看著小橘和爸媽並排坐在客廳椅子上，而我只能坐板凳，沒有任何可以介入的縫隙，心中忍不住懷疑起這根本就是一樁陰謀。

到最後，小橘終於再也不肯跟我回工作室了（淚流滿面），牠的行李也全都搬回家裡。我偶爾才拿出外出袋牠就拚命躲我，縮在角落裡耳朵往後完全摺平，整顆頭變成哆啦A夢的形狀。媽媽見狀心疼得要命上前柔聲安慰，而我只有默默回到空無一人的工作室裡獨自垂淚。曾經那隻半夜不惜假裝嘔吐也要我陪牠睡覺的貓咪，那些甜蜜而略帶苦澀的日子，都上哪兒去了呢？從那時開始，小橘心中的社會金字塔慢慢成形，而我在金字塔底端往下一層卻再也無力翻身……

爸媽接納小橘的過程看似順利，但我想應該是因為我們三個人從頭到尾都是抱持著「能不麻煩到爸媽就絕對不麻煩他們，爸媽只要享受小橘的可愛就行」這個想法（先不論我們事實上麻煩了爸媽多少）；爸媽則是諒解了我們救起小橘的這件事，憐愛小橘進而一起照顧牠，這是全家互相包容的結果。現在再重新翻看當時的照片，我發現了一件事：雖然我們覺得自己已經很努力在照顧小橘了，但還是不夠，直到小橘回家以後，牠才真正開始變得越來越漂亮、可愛。我想絕對是因為有爸媽在，小橘才有辦法過得這麼好。

而且，爸媽接納小橘對我來說是一件言語難以形容、非常重要的事情。它支撐著我不僅僅是在小橘生病時，以及在很多軟弱無力的時候，都能夠再度鼓起勇氣。

當然小橘也從沒有讓我們失望，即使後腳癱瘓，牠每天都還是很努力地活下去。這個體型有點巨大的小寶寶，從第一次見到牠開

始，首先是拚命地想逃離不知道為什麼要捉牠的我們；在醫院時自己打開籠子用僅剩的前腳跳到地板上躲進角落裡；開始信任我們之後變得愛吃、愛玩又愛撒嬌，剛開始甚至看不到人就會哭；只要學會了一件事情就會沉迷其中，還很得意地想秀給我們看，要人家稱讚；喜歡的東西很努力不懈爭取，討厭的事情也會非常用力抗拒；興奮起來就用牠白胖健壯的前腳加速奔馳，速度快到轉彎時會帥氣甩尾。

我們只是給牠一些生活上的幫助，而牠卻為我們帶來很多的快樂及圍繞在牠四周的溫暖。無論是柳丁、蘋果還是橘子，只要看到牠們舒舒服服、幸福滿足的樣子，不知道為什麼自己也感覺被療癒了。

小橘一直都很努力地活著，應該說，我看過的動物們幾乎都是這樣，從來不會放棄希望。看到這樣的生命力，誰能忍心讓牠們再度面臨任何威脅呢？

1 用力撐起身體，自己爬上階梯。

柳丁——讓全家變成貓派的老大貓

丁德華小檔案

本名：柳丁
生日：2001年約5月底
性別：帥哥
品種：米克斯乳牛貓
暱稱：丁德華、丁寶

　　柳丁是我們家的第一隻貓，是隻非常美麗的乳牛貓（雖然肚子大了點），也是開啓我們家貓奴史上嶄新一頁的罪魁禍首。

　　原本我們全家都是狗派。小時候我一直很想要擁有自己的寵物，某天媽媽為了給我們驚喜，瞞著我們去認養了一隻有可愛暴牙的黑色貴賓狗（聽說是從繁殖場救出的母狗），並取了個菜市場名字——「吉莉」。在柳丁之前，家裡只有養過吉莉、幾隻小鳥和一堆魚，而且老實說當時我有點怕貓，到同學家裡玩時，她養的波斯過來磨我的腳撒嬌就足以讓我嚇得魂不附體。這樣的狗派人生某天卻忽然畫上了休止符，起因是OHNONO到她一個養了N隻貓的同學家裡玩過，就深深愛上貓咪。

　　她回來後每天都很陶醉地說：「貓咪真是太可愛了。」「其中一隻把牠頭捧起來說『漢堡～』然後張開嘴巴假裝要吞的話，牠就會瞇起眼睛喔。」「貓咪玩在一起的樣子實在太可愛了。」如此反覆地鬼打牆。

小時候的巨星柳丁珍藏照。

說老實話，我心裡是一點都無法起共鳴的。雖然不討厭貓，但完全無法體會 OHNONO 的這份愛意。

　　就在 OHNONO 愛意越來越熾熱的那個夏天，我的隔壁班同學從家裡帶來一隻小貓咪，暫時偷養在準備教室裡。

　　聽說是一隻流浪貓在她們家陽台生產，颱風天同學媽媽怕小貓咪凍死就把牠們抱進屋內，貓媽媽回來哭了一晚之後跑掉就再也沒有出現過。一胎三隻小貓，同學家認養一隻、她們家隔壁認養一隻，排行老二的柳丁就被她帶來學校，看看有沒有人想帶回家。

　　知道這件事情之後，我很緊張地趕快告訴 OHNONO 這個消息，深怕被別人捷足先登。（真不知道當時的我在想什麼，明明很怕貓卻又如此積極？只能說是命運了吧！）

　　事後 OHNONO 也說，當她一打開準備教室的門就和小柳丁還沒顯色、烏溜溜的眼睛深情對視（腦內幻想成分含 80% 以上），使她感受到了命運。

　　我們兩個密謀許久，先斬後奏地決定領養小小柳丁[1]。小柳丁前後寄養在幾個同學家裡數天，還用捉昆蟲的箱子運送，接著某天我們忽然就帶回家。

　　可想而知，爸爸媽媽的反應當然是大發雷霆。

　　媽媽那時非常、非常討厭貓。據她的說法是小時候家裡為了捉老鼠有養過貓咪，她就是負責清理貓咪便便的人，因為太臭了從此對貓的印象很差。（聽起來有點好笑，但是不要忘記，媽媽有潔癖啊！）爸媽非常生氣，要我們馬上拿回去還給同學，並咆哮著狠狠臭罵我們一頓。

　　當時爸媽生起氣來真的很恐怖，我們卻還是極力爭取把柳丁留下來。不過，雖然媽媽如此震怒，當她看見我們笨拙地用奶瓶餵小柳丁時，她馬上說：「噯，妳們不會啦！」一把將奶瓶奪過並熟練地餵起奶來，小柳丁也柔順地窩在媽媽懷裡。

　　即使充滿母性光輝，媽媽還是有著一般人的傳統觀念，認為貓咪冷血無情、不認人等，所以頭一年柳丁其實過得很辛苦。

　　現在想起來真是對柳丁很愧疚，因為我們不成熟的愛心（現在依然很幼稚就是了），讓牠小時候過得顛沛流離。柳丁曾經多次調皮搗蛋、偷吃東西、破壞物品，爸媽怒吼要我們把柳丁丟出去，我們只好帶著柳丁躲到同學家裡哭。那時候柳丁即使在家裡都很少睡得安穩，看到我們拿出外出籠就躲進椅子底下，眼神流露出不安。

　　好在最終柳丁還是靠自己贏得了爸媽的心。貓咪就是這麼純

真、迷人，有時候很聰明，有時候卻又突然變得笨笨的，可愛事蹟說都說不完。牠們會帶著神秘而美麗的雙眸露出深不可測的表情，下一秒卻馬上出糗讓人忍不住大爆笑，光是觀察貓咪就可以花去好多時間，怎麼也看不膩。

搞笑又溫柔善良的柳丁

偶爾柳丁姿態優雅地走在矮櫃上，卻不慎踩空跌下來，第一件事情就是轉過來看我們有沒有取笑牠，此時都要憋笑望向別處假裝沒看見。如果你笑了，柳丁會惱羞地跑過來咬你，牠真的聽得懂人家到底在稱讚還是嘲笑。當然個性溫柔的牠通常也只會用嘴巴含住不會真的咬傷人。

柳丁心情好時會在家裡暴衝，一路衝到紗門的最上面掛著，並轉頭看看有沒有人讚嘆於牠的英姿，媽媽雖然很氣紗門都被抓得一個洞、一個洞，但還是會笑著罵牠真是愛現，然後幫牠鼓鼓掌。

柳丁也非常愛撒嬌，媽媽如果看電視看得太專心忽略了牠，柳丁就會輕咬媽媽的袖子生悶氣。有時候我們打字打到激烈處，也會突然被一隻貓爪按住手背不能動，假如你還繼續不理會牠，接下來就是嘴巴伺候了。

不管是畫圖、裁布還是看報紙，在畫紙上、布料上、報紙上，總是會有隻巨貓不動如山地鎮在上面，想要移動還得看牠心情。

這時候吉莉還沒去當小天使，每天最傷腦筋的就是牠們兩個會交換彼此的飼料吃，總要想辦法隔開。不過一般貓狗處不來，牠們的感情卻還不錯，牠們從來不打架，夏天時還會並排趴在客廳一起

吹冷氣。

　　後來吉莉老了，更因為當時的寶路飼料事件而腎衰竭去世，當我在房間裡傷心痛哭時，柳丁走過來用牠的鼻子不斷頂我的手，還非常難得地讓我一直抱著卻沒有掙扎。（因為吉莉的關係，只要貓咪們一點小小的不對勁，我們都是直接捉去醫院檢查，即使被取笑、虛驚一場都好過來不及。）

吉莉是教會我如何去愛毛孩子的重要家人。

　　爸媽不敵柳丁魅力，漸漸開始真心地接納貓咪。生性節儉的他們有次還花不少錢弄了個打鼓玩具回來，只為了看柳丁會有何反應（雖然柳丁反應平淡讓他們很失望，但幾年後小蘋果就滿足了他們）。柳丁來到家裡一年多後，我終於第一次看到牠睡到翻肚子，而且摸牠也沒被吵醒。當時真的很感動，也很感謝牠依然願意對我們放下心防。

自從養了柳丁，我們家開始發現貓咪是多麼可愛、迷人的生物，對任何貓咪相關的事物總是多了一層關注。媽媽剛學會如何使用電子信箱時，還常常寄給我一大串貓咪圖片要我記得看。有幾次在電視上看到貓咪相關的家具飾品，務實派的爸媽也會心動，要我們幫忙買回來。

　　身為家中的老大貓，柳丁是家裡個性最好的一隻。雖然牠守身如玉[2]，不給人抱，但牠個性沉穩，從不欺負弟弟們。

　　偶爾有小奶貓來家裡，當我們幫牠催尿的時候，聽見了小奶貓的慘叫，柳丁都會來撞門想要救小貓，還會輕咬我們的手告訴我們不可以這樣。反而是弟弟們會一直想要欺負牠，不過牠也不是省油的燈，只是不跟弟弟們計較，可不代表會任由牠們欺負，如果做得太過分，牠還是會發火的。

巨星丁德華與追星族小橘

小橘大概是一天到晚被蘋果追殺學壞了，所以牠也非常喜歡追著柳丁跑，整天都在追星。牠會在各種暗處偷窺柳丁的一舉一動，十足的小粉絲。不過牠也只是追、在暗處看，什麼也不做，單純只是個跟蹤狂。

對於這樣的瘋狂粉絲，柳丁顯然覺得有些困擾。如果小橘追得太緊牠就會移動到別的地方，小橘再追上去，牠再換地方。

剛開始認真幫小橘復健的前半年，我們帶著牠去看了不少醫生，其中有個醫生建議我們找出小橘有興趣的東西刺激牠增加活動量。但我們試遍了醫院裡的各種玩具小橘都不為所動，正當我們傷腦筋時，一隻醫院院貓從旁邊悠然經過，小橘馬上大幅度轉頭，還拉長了脖子看。

一陣沉默後，醫生問：「嗯……你們家還有其他貓嗎？」

由於蘋果會想追殺小橘，這個新任務自然就落在了柳丁身上。有時媽媽還會故意放小橘出來追柳丁，讓牠們兩個活動筋骨、增加活動量，效果還不錯呢。

愛搗蛋的貪吃柳丁

柳丁同時也是我們家最愛玩的孩子，雖然年紀最大，但卻是最活潑好動的貓咪，常常在家裡暴衝。有次實在玩太瘋而被媽媽罵：「老貓就要有老貓的樣子！」

我們家三隻貓食欲都超級旺盛，不管什麼飼料、罐頭都瞬間吃

橘子跟蹤狂系列

完，其中以柳丁最甚。牠還愛偷吃人類的食物，三不五時就要跳到餐桌上取用自助餐，實在很傷腦筋。也因為這樣，除了用餐時間，我們餐桌上幾乎不擺食物，習慣一定都會收到櫃子裡放好。結果到別人家作客時，研一居然跟我說：「我看到他們餐桌上的菜就手癢，好想幫他們收到櫃子裡……」

柳丁身手矯健又優雅，即使戴上鈴鐺項圈也能做到走路完全沒有聲音，在房間裡常會被牠不定時蹭過腳邊的毛茸觸感嚇到。別看牠肚子都快垂到地上就像頭真正的乳牛，牠依然有辦法倏地一躍而起，直接從地板跳到雙層床的上舖，輕巧地令你不可置信。牠非常聰明，會開我們家很多種門，普通一字門把只是小\case，兩隻前腳搭在喇叭鎖上還知道要轉一轉。

我房間有個因為濕氣而很難開關的陳年衣櫃，牠也常常會自己打開窩進去，曾經OHNONO聽到開關衣櫃的聲音以為是我，跟「我」講了很久的話，還奇怪為什麼我都不回她？走過來一看才發現是柳丁。

還有另一件事情是發生在我們剛搬家的時候。剛開始只有我跟研一、柳丁和小橘先過去，小橘跟研一是室友理所當然同睡一室。某晚睡前研一房門關好好的，柳丁則是睡在爸媽房間，結果第二天醒來房間裡的貓換成了柳丁，小橘在一樓奶叫著要人家抱牠上來，詭異的是房門依然緊閉。

爸爸知道這件事情之後非常生氣，說我們怎麼可以讓他的寶貝心頭肉橘子自己孤單地待在一樓呢？後來發現，那陣子小橘剛鑽研出自己下樓梯的方法，只要一開門就會衝出房間飛奔下樓，而柳丁又是這麼體貼總會幫牠開門，等小橘跑出來後還會記得把門關

好……

　　這種情況維持了幾天之後，研一終於無奈地開始鎖門了。現在蘋果也住在新家，就更不能讓柳丁輕易打開房門了。二樓兩間相對的爸媽、研一房間，門上隨時掛著鑰匙，進出都要鎖好。我只能祈禱柳丁不要哪天又學會了如何轉動鑰匙，這樣可就真的麻煩了……

巨星什麼時候才會接受我呢？

註

①嚴重錯誤示範，請勿模仿。養寵物真的千萬不要先斬後奏，畢竟受害最深的，還是這些毛孩子而不是自己。

②後來我才發現柳丁是隻小 GAY 貓，除了媽媽以外牠只給男人抱，根本就不是什麼守身如玉！某次我們全家出去玩，媽媽拜託她朋友來家裡換貓砂跟餵貓，柳丁竟然願意給她朋友的兒子抱在懷裡。這等待遇連我都沒有過啊！（傷心欲絕）而且，柳丁深愛著研一，研一就是牠的情人，請見「公貓界的白雪公主——研一」。

蘋果——備受寵愛的老二貓

果果小檔案
....

本名：蘋果
生日：2005年約10月底
性別：帥哥
品種：米克斯賓士貓
暱稱：果果、生化武器果

　　柳丁成功收服爸媽的心之後，每天都在家裡過著王子級的待遇。接著某天，朋友傳了一張照片給我，說是她剛在菜市場撈到的小貓咪，請我幫忙問問有沒有人要。

　　我那時從沒看過這麼幼小的貓（後來被妞妞打破了最小貓紀錄）：不到巴掌大的SIZE、可愛的耳朵還沒發育完全，垂在腦袋兩側像是裝飾品、全身髒兮兮的。因為害怕而蜷縮著的身體和圓圓的頭比例將近1比1，從背面看幾乎全黑，脖子上帶有白色的Y字形花紋。而最特別的地方是，牠天生就沒有尾巴。

　　小小貓才兩、三個禮拜大，窩在菜市場人來人往的某處階梯上埋著頭瑟瑟發抖，卻都沒有人理會。問了菜市場的攤販，小小貓已經在這裡有一段時間了，也沒看到貓媽媽來把牠帶走。我朋友那時趕著出門，想著總不能讓小貓在這裡自生自滅吧！只考慮了幾秒鐘馬上把牠撈起來，跳上計程車先送到動物醫院。醫院的人也很好

心，接手後都是由醫生的太太暫時帶在身邊照顧。

當時看到照片裡的小小貓第一眼，我就感受到了命運。我表面平靜但內心震撼著，眼睛盯著電腦螢幕彷彿要放射出光芒，背景字幕打上了無數個「唔哦哦哦哦哦哦哦哦」，並暗自吶喊著：「這隻貓應該要屬於我們的！」

（現在想想，命運這種東西還真是不能認真。這孩子如今已進化為生化武器果，超級愛咬人，尤其特別喜歡把小橘當成獵物追殺，非常傷腦筋。但每次牠調皮搗蛋做了壞事，只要一想到當初牠在階梯上發抖的小小身影，我又會馬上心軟。）

爸媽對於蘋果的反應

這時雖然爸媽已經開始喜愛貓咪，但要如何讓牠順利成為我們家的一員呢？

人家說射將先射馬，擒賊先擒王（天打雷劈）。我首先把媽媽叫來看小小貓的照片，果然不出所料，媽媽一看到照片就好喜歡，滿口的「哎喲，好可愛喔！」我在一旁敲邊鼓：「你看牠耳朵摺摺的好可愛耶！很像摺耳貓吧！」[1]而且牠沒有尾巴，屁股尖尖的超特別！」

媽媽得知小小貓的身世之後，說著可愛的語氣更加憐惜，我趁機追擊：「媽，我們可不可以養牠？」媽媽有點猶豫，帶著一絲為難的笑容說：「我怕你爸會不高興……」

「可是牠好可憐喔……還被媽媽拋棄。你不覺得牠超可愛的嗎？」

我們循環了幾次「養嘛！好嘛！」與「可是你爸……」的對話，媽媽又看了好一陣子照片，接著才依依不捨地回到廚房準備晚餐，剩下我一個人在電腦前邪惡地陰笑著。（寫到這裡我真是越來越覺得這本書千萬不能給爸媽看到啊，等他們看完我也沒命了吧……）

　　兩天後，裝在紙箱裡的小小貓來到我們家。整個下午我和媽媽蹲在紙箱前小心翼翼地研究如何照顧小貓咪，餵奶、幫牠催尿和催便、看牠在紙箱裡細微地蠕動，四周空氣飄滿了愛心，不知不覺時針指向六點鐘，毫不知情的爸爸下班回家了。

　　爸爸原本心情很好地走近餐廳，一看到紙箱裡不認識的貓咪，瞬間變臉。他非常生氣地瞪著我罵：「誰准你帶回來的？馬上給我拿回去醫院！」並且不願意聽我的任何辯解，怒氣沖沖地進房間去。

　　之後連續幾天，爸爸都板著一張臉，不肯和我們說話，也完全無視於小小貓的存在，吃完飯就在房間裡看電視生悶氣，只偶爾怒吼著劈來幾句：「快給我拿回去醫院！」我和OHNONO苦惱地想柳丁都不太在意新貓咪了，而爸爸竟然如此無法接受，連看一下小小貓都不願意，這樣要如何讓爸爸喜歡上牠呢？

　　沒想到，小小貓進家門大約一個禮拜後的某天早上，我起床準備給牠餵奶時，看見爸爸笑咪咪地從房間裡走出來，笑咪咪地問我：「牠取名字了沒啊？」笑咪咪地看我們給小貓餵奶，笑咪咪地和柳丁在一旁追逐嬉戲。

　　到底What happened？！

　　面對爸爸一夕之間的巨大轉變，瞠目結舌的我抱著滿心疑惑，媽媽當下卻只是含糊其辭。我知道媽媽一定私底下說了什麼，然而我也知道此時千萬不能心急詢問，以免媽媽惱羞成怒就不好了。只不過，我心中一直沒有忘記這件事，大概在蘋果一歲多的時候，終於被我逼問出答案，媽媽說：「也沒有什麼啦。我只是跟他說，我很想要養這隻小貓咪……」

　　謝謝您，媽媽。

　　謝謝您，愛妻家爸爸。

　　咕咕咕……（再度被天打雷劈）

被寵得飛上天的蘋果

　　為了表達諂媚之意，我們將取名大事交給媽媽，媽媽幾經考慮之後決定將小貓取名為「蘋果」。

　　我在一個大鳥籠裡鋪上幾塊柔軟毛巾，爸爸買來幾顆燈泡用襪

子小心包好，掛在鳥籠上面給牠保溫，小時候的果果也穿過幾件我親手縫製的小洋裝。可惜這孩子長大就不肯穿衣服了。

小小果也曾走過偶像路線，尚未顯色的黑色眼珠，臉蛋超級可愛，還擁有尖尖的小翹臀。我記得牠剛來的前一個禮拜都沒有便便過，結果第一次大便時我們忍不住圍著牠歡呼，正在做菜的媽媽還特地拿著鍋鏟跑出來看。

牠很笨拙，小時候甚至不太會跑步，玩耍時都是像兔子般彈跳前進。到了一歲多上完廁所還不會自己清屁股，鼻子上也一定會沾滿貓砂，總要我們拿著濕紙巾在貓砂盆附近埋伏。牠身體算健康但容易有些小毛病，怕洗澡卻又愛玩水，小時候曾因為偷玩水而感冒發燒，現在則是很容易鼻子輕微發霉，實在讓人傷腦筋。

愛撒嬌的生化武器果

由於前貓柳丁的鋪路，蘋果從小就備受寵愛，某次在醫院裡醫生還委婉地說：「這隻貓……有點被寵壞了喔。」

小時候的柳丁家教甚嚴，跳到餐桌上一定挨打，然而蘋果跳到餐桌上時，媽媽卻只是手扠著腰說：「果果快下來！怎麼可以跳到餐桌上呢？」這種罵法有用才有鬼啊。結果後來連柳丁也跟著學壞，三不五時就上去餐桌巡邏一下。

雖然驕縱，但這時候的果果攻擊性還沒有這麼強烈，牠真正開始會發狠咬人是在小橘來了以後。醫生說可能牠們天生的氣味就不和，不只是小橘，偶爾牠也會想要去追咬柳丁，只是柳丁強壯又兇悍不會讓牠得逞。

蘋果逮到機會攻擊小橘的時候，總是會咬著牠的後頸死命踢，

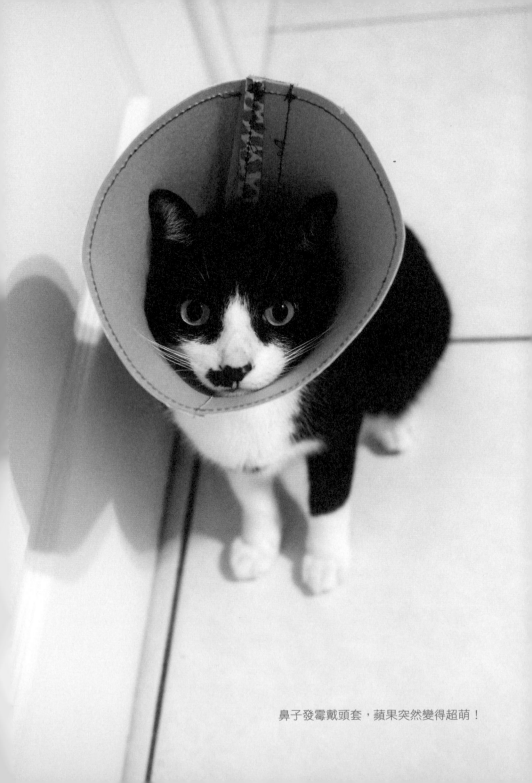

鼻子發霉戴頭套，蘋果突然變得超萌！

就像DISCOVERY頻道播出的草原生態那樣。我們摸完小橘之後，絕對要先去洗手才能靠近蘋果，不然聞到小橘氣味會被咬得很慘，真正是血濺當場都不誇張，使得我們一個一個不得不都進廠保固（打破傷風）。所以牠們兩隻一定要確實隔離，輪流關在房間裡，漸漸形成了固定的作息。這也是生化武器果暱稱的由來。

　　不過我要先聲明，我的心胸可是異常狹窄，一丁點也不能忍受別人說我們家貓咪壞話的。即使殘暴如蘋果，其實牠一樣愛撒嬌又怕寂寞，看不見人的時候會在家裡四處嗷嗷叫，把毯子咬得到處都是。牠鼻子下的一小團黑色花紋十分具有特色，總是會露出呆呆的表情，超級可愛。牠和走路優雅又無聲的柳丁完全相反，即使沒有戴鈴鐺項圈，只要大老遠聽到咚咚咚咚的踏步聲，就知道蘋果來

了。當爸爸唱歌或拉胡琴的時候，牠會在旁邊聽，有時候也會和著琴聲唱歌。蘋果是爸爸的VIP聽眾！

　　有一次，蘋果在我們房間發現了一朵薔薇，竟然把它叼起來，因為花梗太長中間掉下來數次，牠再努力把花咬起來就這樣叼回媽媽房間，接著聽見媽媽驚喜的聲音響起：「哇！果果你送我花啊！」至於到底是不是送給媽媽的，誰知道呢……

在家一條龍，出外一顆果

　　果果雖然不像小橘愛吃菜，但牠會偷喝蔬菜湯；比起昂貴的玩具，牠更喜歡吃剩下來的糖果紙團，只要聽到揉包裝紙的聲音就會跑來，眼睛亮晶晶地在我們腳邊stand by，把紙團丟出立刻追上去

踢球，得到一枚貝克果；吃飯時間則化身小蜜蜂果，用8字型瘋狂來回磨蹭我們的腳，玩到嗨起來的話屁股會翹起一小撮毛。

果果雖具有攻擊性，殺傷力卻不如柳丁的原因是——牠其實笨笨的。只要從後面抱起來牠就不知道要如何掙扎，用臉抵著牠的臉頰就不知道怎麼咬人，在醫院通常會嚇得腿軟，預防針也可以輕鬆打完。洗澡也總是一臉驚恐，但卻完全不會發出任何聲音，就像在演無聲電影，只需注意牠偶爾到達臨界點的爆發彈跳。

我覺得蘋果的攻擊性會這麼強，應該是因為牠超級膽小，什麼都怕，連媽媽冬天外套領子上的毛都要聳毛哈氣。因為我們怕被咬，在家裡很少有機會抱牠，但只要一出門我們就會趁機搶著摸摸抱抱，畢竟這時候的果果通常嚇得全身軟綿綿，完全沒有攻擊性。

我到現在還是真心希望有一天牠和小橘能夠和睦相處，雖然實在沒膽讓牠們再有任何接觸的機會。在我們家裡，總是上演著各種苦澀的愛，果果追小橘，小橘追柳丁，柳丁追研一。

好想看牠們三隻窩在一起睡覺的夢幻畫面啊……

註
①請原諒我之前沒經驗又沒常識，不知道之後耳朵會發育長大的，結果沒過多久蘋果外表變得完全不同，所以媽媽都叫牠詐騙集團。

妞妞——永遠的寶貝妞

　　妞妞是隻來不及長大的玳瑁貓。雖然牠在橘子出生之前就夭折，跟橘子也沒有任何相似的地方，但我總是會忍不住想到，如果妞妞還在的話，今天也不會有橘子了吧……直到現在，偶爾看著橘子時，我依然會想起她。

　　蘋果有一陣子因為耳朵發炎幾乎天天往醫院報到，也因此我們跟醫院的醫生、阿姨變得很熟，有時候有新貓住院醫生都會讓我們去看。

　　某天到了醫院，醫生說今天有人撿了很小的貓來。靠近籠子時我嚇了一跳，第一次看到這麼小的貓，據說最多兩個禮拜大，不過體型比蘋果剛來時還小。醫生抱怨：「這隻貓說不定其實並不是被媽媽拋棄的。」聽說牠是被一個人隨便撿來，還跟醫生說不能照顧的話就丟垃圾桶好了。

　　醫院不是 24 小時制，當時醫院裡也只有兩個醫生，這麼小的貓每兩、三個小時就得餵奶，醫院也不知道該如何是好。我和姊姊看了很久，等果果清完耳朵回到家先徵詢過媽媽意見，然後又走回醫院跟醫生說：「雖然不能養，但是可不可以讓我們幫忙照顧？」

　　醫生確認過後，馬上拿出貓奶粉、針筒和一些可能會用到的東

西，並且仔細地說明照顧幼貓該注意的事情，我們就把這隻黑呼呼的玳瑁貓帶回家了。

　　一開始的妞妞真的太小，媽媽還說像小老鼠，她不太敢碰。但是妞妞求生欲很強烈，喝奶的時候總是恨不得把針筒搶去自己用（後來媽媽不知從哪變出一個奶瓶代替針筒讓妞妞喝奶）。

　　我拿出小果果也睡過的大鳥籠佈置成育嬰房，爸爸特地再去買了燈泡回來裝上保暖用，小小的妞妞就睡在裡面，外面再覆上一層毛毯，我還做了好多種小洋裝要給她穿。

　　剛開始幾天的妞妞只會吃跟睡，感覺牠拚了命地想要活下來。我們每天固定兩到三個小時餵食，催尿、催便便。妞妞很不喜歡催尿，每次上廁所都會叫得很悽慘，有幾次柳丁以為我們在欺負牠，都會走進廁所輕輕咬住我們的手意圖制止。

　　每次有幼貓報到我都不太敢睡覺，時間一到就馬上彈起來衝去泡貓奶粉。大概過了兩個禮拜，妞妞稍微長大了一點，牠開始變得活蹦亂跳，充滿好奇心，喜歡在家裡四處趴趴走。

鳥籠門口太高，媽媽用紙盒黏了一個小樓梯讓牠自由進出，全家走路時格外小心翼翼，因為隨時都有可能從角落滾出一顆小毛球攻擊你的腳。我幾乎是用滑行地在移動，腳都不敢抬起來。

柳丁和蘋果哥哥相當喜歡這個小妹妹，妞妞會帶領著兩個哥哥在家裡衝刺，而且牠不是被追逐，真的是帶領著哥哥們在玩耍喔！更重要的是，那是我第一次看到柳丁和蘋果竟然會玩在一起。有時候晚上柳丁和蘋果回到爸媽的房間睡覺了，妞妞還會在門外呼喚哥哥出來陪她玩。

三隻貓不分日夜，興致一來就滿屋子奔跑，破壞家裡的每一樣東西。

在這之中就屬妞妞最有精神，不管玩多久總是不會累，電線、塑膠袋、椅墊、衛生紙、背包，在任何可以到達的地方探險。甚至幾度想跳進垃圾桶，但是力量不夠只能掛在垃圾桶邊下不來。

有一次妞妞拚命地攻擊我放在桌子旁邊的假髮，被姊姊拉開的時候嘴裡還咀嚼著一根戰利品，真是讓我們好氣又好笑。

妞妞雖然還不太會跑步，但是衝刺的速度卻是無人能及，總是用很僵硬、有點醜的姿勢在家裡奔馳。個子小卻是家裡最有骨氣的女生，只要經過牠身邊就會被當成是在跟牠玩，得小心翼翼地閃躲牠的牙齒和爪子。

當我坐在電腦前趕工作時，妞妞也會守在一邊等，可是我很少會停下來摸摸牠的頭……

妞妞很聰明，什麼事情都是一學就會，就連帶去醫院注射營養劑，也是一個動作就知道，馬上開始掙扎，不像蘋果總是呆呆地讓醫生打針。妞妞甚至在家裡作了壞事也知道要快點躲起來。

兩個月過去了，隨著妞妞越長越大、毛色也越來越漂亮，家裡

75

的人越來越喜歡她，尤其是爸爸和媽媽。我很明顯感覺得到這隻小貓也許可以被允許收編，心裡一直打著邪惡的如意算盤——聽說玳瑁是所有貓種裡面最溫柔、最貼心的寶貝，我興奮地幻想著小妞妞長大後眼睛會是什麼顏色呢？牠的花紋毛色會有多漂亮呢？

瞬間即逝的生命

　　可惜就在剛滿兩個月的這個時候，妞妞的身體開始出問題。

　　妞妞在牠的小貓砂盆裡蹲了好久都上不出來，我們擔心地馬上帶去醫院，後來自己查找資料及醫生的診斷，猜想可能是先天性的巨結腸症。

　　我有點忘了治療過程的細節。只零碎記得我們嘗試了很多方法，像是多刺激牠的肛門，或是把食物泡得稀一點等，也許還試過別的方式，但是都沒有用，妞妞還是一直都無法上廁所。牠失去食欲，虛弱地連水都不喝，即使想幫牠灌腸也得等身體稍微恢復體力才行。醫生幫牠輸液防止脫水得更嚴重，但牠還這麼小，也不能多做些什麼。

　　針扎進牠小小的前腳，妞妞尖叫一聲，第一次狠狠地咬了我，力道強得連醫生也拔不開，我永遠都記得那種痛。人在這時候總是會特別天真，自以為是地想著如果這個痛可以換回牠的健康，那麼牠想要怎樣咬都沒有關係。

　　隔天，我們又到醫院去看牠，才剛摸摸安撫沒多久，妞妞忽然就休克了。雖然醫生緊急用氧氣筒維持她的呼吸暫時救回一命，現在想想，也許牠看見我們來，知道自己沒有被拋棄，於是鬆了一口氣。也許那時候牠其實就該走了，只是被我們的自私硬是多留了一

天……

　　第三天一大早，醫院緊急打電話通知我們妞妞不會動了。我們馬上飛快衝到醫院，醫生再次拿出急救機器試圖挽救，但是沒有用，妞妞這次真的走了。爸媽特地趕到醫院來見牠最後一面，雖然在牠調皮時，老是喊著要妞妞快點到新媽媽那裡去，但其實他們也非常捨不得。

　　最後牠的眼睛沒有力氣閉上，不知是膿水還是眼淚的濁色液體，從鼻孔和眼睛流出在牠臉旁的墊子上渲染。我抽出衛生紙擦拭，就像以前幫牠擦乾淨眼睛和鼻子那樣，只是這次妞妞不閃躲也不掙扎了。擦乾淨了牠的臉，我自己卻被淚水模糊視線……

三隻貓一起曬太陽，妞妞最後留下的身影

生命真的好脆弱，妞妞從精神奕奕到虛弱不堪，也不過短短兩天而已，我甚至來不及反應。前兩天還在你腳邊滾來滾去、用小爪子攀著褲管爬到你腿上撒嬌的小小生命，瞬間就這樣沒有了。然而，妞妞到最後都還是這麼善解人意，沒有讓我們煎熬太久。

　　我們哭著準備支付最後的醫療費，但醫生拒絕了。我印象很深刻，因為醫生說：「一開始就是你們在幫忙出力，而醫院這邊當然是負責出錢，等於是兩邊一起共同養育這個珍貴的小生命。」

　　晚上回到家，我們不捨地打開妞妞影片，蘋果聽見從電腦裡傳出的叫聲，一臉狐疑地跑到音響後面找，半夜裡哥哥們還會在家裡四處輕聲呼喚，似乎是奇怪著為什麼妹妹突然間就不見了。妞妞當時用金色鬆緊繩串小鈴鐺做成的小小項圈，現在還躺在姊姊書桌的抽屜裡。

　　那天是跨年夜，原本約好要讓朋友來家裡看貓，當然只能取消。感謝朋友們的體貼安慰，有位朋友傳來一封簡訊，內容大概是這樣說：「聽說流浪的動物如果在最後有人愛牠、給牠溫暖，那麼牠之後就不會再受苦了，下輩子就會轉生為人，得到更好的生活。」

　　一直到現在我都還不太敢打開妞妞的相簿，至今一邊回憶，眼淚也是一邊在眼眶打轉。我不知道轉生為人是不是真的更好，然而這句話卻讓我一瞬間放鬆，比較能釋懷了。儘管只有兩個多月，卻讓我深深愛上玳瑁貓，我只希望妞妞這短暫的生命裡真的曾經開心就好。

最熟悉又最陌生的14億消費者

亞洲消費趨勢權威揭露中國市場新面貌

他是韓國總統智囊團小組資深顧問、三星電子、現代汽車、頂尖跨國集團的消費研究顧問。帶領「消費者趨勢分析中心」費時3年深入中國各城市的查訪，揭露讓14億消費者都買單的終極祕密！

韓國企業掌握了哪些情報，得以橫掃中國？
透過本書，中國商機看得到、更要賺得到！
超乎想像！嶄新的微觀角度，顯微鏡般的觀察，
找出細節中隱藏的魔鬼行銷策略。
做足功課！深入骨子裡的消費者行為分析，獨家預測近期中國市場變化。
台灣企業不能不知道的中國消費市場真面貌！

金蘭都、田美永、金瑞瑩◎著　先覺出版／350元

謝謝你不愛我

女王 著

「親愛的，我也會過得比你痛苦，也比你失敗。」
暢銷作家女王，為作家10年最真情的告白！
在愛的關係中，我們都會如此不美好；
因為不美好，所以我們才有機會學習做個更好的人。
這次，她從最痛的經驗出發，不是要教你怎麼成功，
而是掏出自己心，告訴你跌倒之後，要怎麼成功地站起來……

【2014年新書分享會】
＊台北：2/15（六）15：00誠品信義店3樓FORUM（台北市松高路11號）
＊高雄：3/8（六）15：00誠品夢時代店3F書區舞台（高雄市中華五路789號）
＊台中：3/9（日）15：00誠品園道店3F書區（台中市公益路68號）

給妞妞的話

2006 年 12 月 31 日，

在全國屏息著期待跨越 2007 的時候，

妳悄悄地走了。

對不起，只能讓妳活到這裡。

我不知道妳走得是否平靜，

我只知道妳的痛苦終於結束，再也不用受苦了。

妞妞，我們都很愛妳。

妳是最棒的小貓咪。

我到現在還是很想念妳。

🐟 橘子與貓① 雙巨頭會晤第一屆

看這兩位偶像的圓頭頭，多圓滾、多可愛！

然而，在這張照片的背後，卻有著不為人知的秘辛……

在講故事之前，我要先來介紹一下這隻可愛的貓咪——泡芙。

泡芙（公）是被前主人以「不想養了」為由扔在動物之家的美國短毛貓，還好去年被莎莎認養後，在莎莎的疼愛之下現在過得非常幸福、快樂。牠的愛心小臉頰、圓胖的手手，以及短促、清脆的嗷嗷叫聲，全都充滿了魅力，熱愛巨頭的朋友們（包括我）一直夢想著要讓泡芙、橘子兩大巨頭來張合照，於是選定日子，一群人喜孜孜地到我家會合。

怎知小橘的反應……

　　天啊，即使現在大澤隆夫跟我求婚都無法超越我的這份震驚！從認識小橘到現在，不要說這麼兇猛的臉，連想看牠哈氣都幾乎是千載難逢啊！而且牠真的超生氣，氣成這個樣子真是超超超……可愛，好像一條剛烤好的吐司，笑死我了。

　　小橘實在太兇了，可憐的泡芙嚇得在小小的家裡四處找尋出口，以極其安靜緩慢的姿態開始上演「泡芙逃走中」。

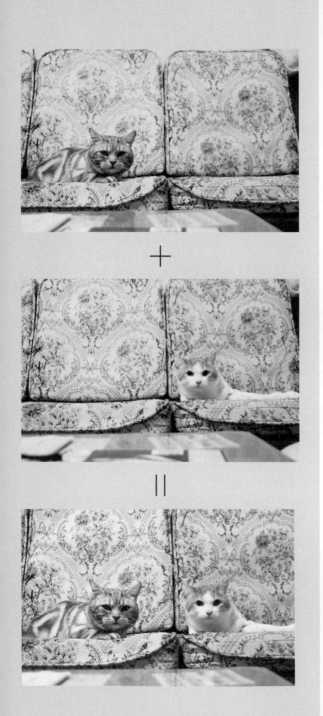

　　最後我們實在沒辦法，於是想出了一個點子。你以為橘子的明星照是合成照？不，這才叫做合成照！

　　這就是開頭照片的由來。

　　呼……演藝圈，就是這麼黑暗的……

🐟 橘子與貓② 小美人桃子

　　這是 OHNONO 從公司倉庫紙箱下救出來的小小貓——桃子，是個藍眼小美女，在我們家暫住了一段時間。

　　明明不到橘子體型的一半，可是橘子怕她怕得要命，看到她就拚命往後縮。看樣子不管是陌生人還是陌生貓，小橘的接受度都明顯不高；反而是蘋果和桃子相當合得來，還會友好地鼻子頂鼻子。

　　果然當桃子長大後雖然成了個大美人，性格卻十分凶悍……

🐟 橘子與貓③ 雙巨頭會晤 第二屆

　　與上次雙巨頭會晤相隔四個月後，第二屆終於召開啦！這次可是堂堂正正的合照，可不是合成的哦。

　　真喜歡這「看起來」好像感情很好的樣子啊……（哽咽）

　　過年期間，莎莎帶著泡芙回到老家，難得距離這麼近，於是我們就相約讓巨頭們見個面。

　　相隔了一段時間，橘子見到泡芙還是一樣超生氣的。

　　不過，距離上次見面到現在，泡芙這麼久的飼料可沒白吃。牠已經從一開始容易受到驚嚇的樣子，蛻變成一隻泰山崩於前而色不改的大叔貓，大受好評的「泡芙逃走中」只好停播。

None

1 偶像泡芙進棚！這巨大穩固的體型瞬
間使我們家裏好像停靠了一台龍貓公車。
2 橘王子一進棚，馬上完成我想再次看
見吐司橘的夢想！
3 把牠放到椅子上時，橘王子用前腳死
命煞車。
4 5 鬧不合的偶像！（狗仔狂拍）
6 橘王子堅決不從的特寫。

　　橘王子身為一位無比敬業的偶像，即使躲到都已經要鑲嵌進椅子把手了，還是要看著鏡頭拍照。而偶像鬧脾氣只好由專人（媽媽）安撫，又是摸摸又是餵點心之後，才終於願意上工。

　　雖然這次小橘已經沒有像上次這麼排斥泡芙了，吐司形狀也沒有上次完美，不過這距離已經是小橘的極限，無法再靠近了。但是，如此一來根本就沒有合照到的感覺啊！我感到無比憂傷。

　　就在這個 MOMENT！忽然間，我靈光一閃，伸手將小橘背對

著泡芙讓牠躺下，然後⋯⋯像這樣！1、2、3！

　　我真是搞不懂動物啊！為什麼這樣就可以和平共處？Why？難道⋯⋯小橘剛才全都是在傲嬌，只是在生氣泡芙這麼長的一段時間都沒來看牠嗎？（萌）

　　就這樣不靠做假，我們總算成功拍到了小橘和泡芙的合照啦！不過只要牠們一對上眼，小橘就會回到吐司狀態。拍得我和莎莎兩個人滿身大汗，邊想著奇怪為什麼我們會搞得這麼累呢⋯⋯

　　最後用鬧脾氣的偶像橘王子作結。

特別收錄

　　一瞬間讓雙人床看起來變得超級小的床前擺飾。

　　芙董～您要更常來看我們家小橘呀！

🐟 橘子與貓④ 小紅豆

這是小紅豆，拍攝於 2007 年 10 月 17 日

　　我的電腦裡有一大堆貓咪照片，其中一個資料夾的名稱叫「溫情動物醫院」，然而每次看到這個資料夾時都讓我心情複雜，有點心痛。

　　顯然我絕對不是個做中途的料，每隻有過接觸的貓咪不管相處時間長短、不管過去多久，我都沒辦法輕易走出來。只能做個縮頭烏龜，祈禱別讓我再看到任何過得不是那麼好的貓。

靈光一閃的小紅豆

　　2007 年底，當時的我們剛撿到小橘，還在笨拙地學習如何照顧牠，某天到醫院時看見這隻精力充沛、長相可愛的貓，一邊隨著經過的人移動，一邊大聲叫著要人摸摸，但卻和小橘一樣，拖著完全癱瘓的下半身。

　　醫生說，牠原本是隻很健康的流浪貓，才 3、4 個月大，一對賣滷味的攤販夫妻平常看到都會餵牠，對牠還不錯。但有一天牠不幸被附近的惡霸捉住，還打殘了下半身，奄奄一息。

　　滷味攤販夫婦發現之後，趕緊把貓咪送到醫院，剛送來時全身都是跳蚤咬的腫包，不知道受傷時間經過多久了。醫生幫牠除蚤治療完畢，牠變得很有精神也愛撒嬌，長得非常漂亮，臉圓圓、眼睛

靈活可愛，儘管被人類傷成這樣，卻依然看到人就會一直叫著要人摸。

醫生告訴攤販夫婦，如果再將牠放回街上一定沒辦法生存，但這對夫婦平常忙著做生意，也沒有養貓的經驗，實在是沒有能力照顧，只好要求把牠安樂死，不過被醫生拒絕了。他們想來想去說：「那就把貓咪安頓在他們家頂樓，有空時上去看牠好了。」（其實這樣還是不太行……但這對夫妻已經盡力了。）

徵得這對夫妻及醫生的同意後，我帶著相機到醫院去幫貓咪拍照。雖然我知道希望渺茫，但還是抱著姑且一試的想法貼了認養文章，也擅自幫牠取了名字叫「小紅豆」。

取這個名字完全沒有任何原因，純粹是靈光一閃，忽然就覺得應該要這樣叫，原本OHNONO反對我幫牠取名字，說是萬一未來的主人想自己取名怎麼辦？結果沒想到，正是因為這個名字，讓之後的主人注意到了這隻貓。

小紅豆連結起人們的溫情

文章貼出過後才兩三天，我們就收到了一封誠懇的來信。有位A先生說之前幫出差的朋友暫養過幾天貓咪，雖然只養了幾天但是已經愛上貓咪，也很認真地考慮過覺得自己有能力可以照顧小紅豆。

A先生還把他的生活作息及工作時間表都寫給我們，最重要的是他一看小紅豆這個名字就覺得非常投緣，希望有機會可以來看看牠。

我們當然非常高興，但同時也覺得心情很複雜，為什麼小橘的認養文章就完全沒有回音呢？（這大概真的就是命運吧！）

幾天後，我們和A先生在醫院碰面。

原本我並沒有覺得一次就可以送養成功，畢竟對第一次看到癱瘓貓的人來說，心情應該相當衝擊，更何況還是只有代養過幾天健康貓咪經驗的人。如果他考慮過後覺得還是沒有自信，我也是可以理解的。

A先生很認真地聽醫生講解癱瘓貓生活上的不便、需要注意的地方，還有小紅豆的身體狀況等，並提出疑問，我們也跟他分享一些照顧小橘的淺薄經驗。A先生小心地摸摸小紅豆，小紅豆馬上用頭去磨蹭他的手，他開心地轉頭跟我說：「牠在跟我撒嬌耶！」醫生在一旁回：「不一定，也可能只是牠耳朵癢……」（醫生不要這麼直接啊！）

不過A先生考慮後，還是告訴我們：他很想給小紅豆一個家。

我們跟A先生說為了小紅豆的安全，不在家的時候可以把牠先關在一個夠大的籠子裡，正在跟他介紹我們是訂做單價較高，可是很耐用的白鐵籠子時，一位站在診療台旁的太太忽然開口：「你要認養這隻貓嗎？你如果願意養牠，籠子的錢我來出！」

這位太太跟我們完全不認識，只是帶自己家裡的狗狗來看病，A先生趕緊搖搖手說：「不用不用，我負擔得起！」

太太說：「沒關係呀，只是一點心意，跟你比起來不算什麼。」

旁邊抱著寵物候診的人也好奇地來問這隻貓怎麼了，一瞬間診療室裡原本陌生的人全都聊開，七嘴八舌地討論起小紅豆，給予鼓勵與祝福。

當天離開動物醫院時，我內心是滿滿的感動。照片裡的小紅豆就是當天拍攝的，回家後我難掩激動地將資料夾名稱打上「溫情動物醫院」。

A先生很快地把需要的物品買好，將小紅豆接回家。

A先生甚至不需要我主動詢問，他就會大約一個禮拜一次固定時間傳送小紅豆的近況給我：高價位飼料、可愛的藍色圍欄（A先生稱之為小紅豆的城牆）、散落一地的玩具等。還有好幾張可愛的連續照片，像是小紅豆被摸摸時舒服的表情、用粉紅小毯子裹起來嬰兒抱的可愛臉蛋、幫小紅豆洗澡、吹乾，甚至是小紅豆吃飯喝水的模樣。

坦白說A先生拍照的技術真是有待改進（汗），可是每一張照片裡都看得出來，A先生雖是笨拙新手卻很努力在照顧小紅豆，隨著時間推移小紅豆的東西也似乎越來越多。

A先生還曾開心地跟我說，他覺得小紅豆為他帶來好運，因為養了小紅豆沒多久就交了個女朋友。對方很喜歡小紅豆，也會時常一起來照顧牠，這時候我終於放了心、覺得小紅豆一定會幸福的！

讓我心疼不捨的小紅豆

　　可惜小紅豆幸福的日子過了才不到半年，某一天跟OHNONO正在搭公車返家途中，A先生打電話來，我一接起就聽見他哭著說：「小紅豆死了……」

　　事後醫生說，可能是當時被打得內臟受損太嚴重，小紅豆的消化及排泄器官其實一直都有問題，能撐到現在已經很努力了。

　　A先生哽咽著斷斷續續地跟我道歉，我一時間還無法消化這件事情，只能呆滯地安慰這不是他的錯。掛掉電話後OHNONO問說怎麼了，那時我才像是終於反應過來，只開口剛說了「小紅豆」三個字，眼淚就忽然掉下……

　　小紅豆在我的記憶中，一直不知道該歸納到溫馨還是傷感，也一直讓我不敢再去碰這些照片，因為只看到資料夾名稱就會難過。

　　每當我在街上看到那些親人的街貓，一邊覺得可愛的同時一邊又很擔心，牠們如此不設防若碰上有心人，很容易就被餵毒甚至抓走虐殺；尤其是開始照顧小橘之後，我認識了更多的癱瘓貓，我想不出來牠們犯了什麼錯需要承受這種對待。

　　我真的希望，這個世界不要再有任何虐待動物的事情發生了。

　　初來到這個世界，小紅豆四肢健全、自由自在地在街上討生活，卻莫名被人打成癱瘓，又被跳蚤咬得全身是包，奄奄一息。之

後歷經一連串的治療，靠著自己的努力及意志力存活下來，更幸運得到一個溫暖的棲身之所，儘管時間不長……

　　小紅豆在 2 月 12 日這天，被送到寵物安樂園火化。唯一慶幸的是在牠短暫的生命裡也曾被呵護過，這種時候，我一直都靠著朋友跟我說的那句話安慰自己：「聽說流浪的動物如果在最後有人愛牠、給牠溫暖，那麼牠之後就不會再受苦了，下輩子就會轉生為人，得到更好的生活。」

　　雖然一直不太敢再去翻這些照片，但是我永遠也不會忘記小紅豆，以及那一天在醫院所感受到的溫暖。

　　小紅豆掰掰。

中秋嫦娥橘

雲母屏風燭影深，
長河漸落曉星沉。
嫦娥應悔偷靈藥，
碧海青天夜夜心。

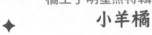

橘麗絲夢遊仙境

橘王子殿下

Part 2

全家變貓奴

🐱 內心柔軟的鐵漢──爸爸

　　每次偷渡貓咪回家時，最激烈反對的通常都是爸爸。但這並不是因為他討厭動物，相反地我覺得他可能是我們家最熱愛動物，甚至昆蟲的人了。

　　我爸無論做任何事情都非常認真又全力以赴，講得更明白點，就是很容易走火入魔（這點好好地遺傳給我了），有興趣的事物他一定會透澈地鑽研。在我心裡，爸爸是個無所不能的藝術家：唱歌好聽、畫畫厲害、寫字漂亮；會做木工、會拉胡琴、彈吉他；會打掃，也會煮飯、做家事，而且超疼我媽又顧家。

　　現在有了三隻貓，更是當作孫子在疼。有時候爸媽一起出去玩住在外面，第二天一早還會打電話回來看我們起床了沒。當他發現我們竟然都十點了，卻還沒起床餵貓吃早飯，就會很不高興地嚷嚷：「我那三隻寶貝要餓死了啊！」

神秘寵物事件I

　　我永遠記得小學時，某天放學看到書店賣的蠶寶寶，明明沒有要寫觀察作業，我卻買了一盒回家。回到家爸爸很生氣，罵我為什麼要亂買！結果，後來他自己養出興趣，還用木頭釘出方方正正的格子居當作蠶寶寶公寓，專門給牠們結繭用；算算時間差不多了，又小心翼翼幫牠們剪個小洞，以免蠶蛾出不來死在裡面。

　　為了預防剛孵化的 1 齡蠶被螞蟻咬死或搬走，牠們住在一個鋪了紙的大簍子上，下面接了花瓶，花瓶再放進裝滿水的大盆子裡。爸爸會到附近的山上採摘新鮮桑葉回來餵牠們，我還曾經因為洗完桑葉沒好好擦乾淨而被罵。在爸爸這樣細心地呵護之下，蠶寶寶們一代接一代數量越養越驚人，數不清到底全盛時期有幾百隻，蠶蛾們的翅膀聲音總是嗡嗡作響。我們也沒有要取蠶絲，只是你知道的，養到了這個地步，其實是已經不知道該如何收尾了……

　　最後滿屋子白花花的蠶寶寶讓媽媽大抓狂，命令我們全部拿去丟掉，於是爸爸載著我到山裡，一隻隻把蠶寶寶小心地放在桑樹上。我想牠們的結局大概多數都被鳥吃掉了吧……

神秘寵物事件 II

　　還有另一個比較特別的經驗。

　　某天放學回家時，我在樓下門口看見一隻從未見過的巨大生物：像放大 N 倍的蝌蚪一般圓圓扁扁的大頭、滑溜軟 Q 的棕褐色身軀，還有四隻腳。那天學校剛好上到孫叔敖打死雙頭蛇的故事，雖然這個生物沒有兩個頭，但我深信這是長了四隻腳的肥蛇。當下我一片空白的腦袋裡只浮現：「我要死了嗎？」這句話，呆滯地上樓後沒過多久，晚飯時間赫然驚見這隻不明生物竟然又出現在我家浴缸裡！更加堅定我就快掛了的這個想法。

　　後來我才知道，原來這種生物叫娃娃魚，不知道是有人走私還是怎地，莫名掉在我們家附近，牠爬呀爬到樓下門口，爸爸下班看到就把牠先撈上來了。最後好像連絡了動物園，還是保育協會把牠帶走了吧！

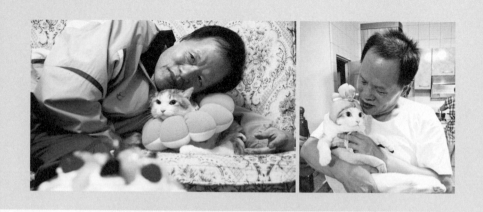

　　此外，爸爸也養過一大缸美麗的魚，魚缸大到人都可以坐在裡面洗澡；還有自己跳到爸爸手上就賴著不走，最後乾脆跟爸爸一起開車回家，會聽人話、會啄爸爸腳皮的白文鳥；全家到山裡健行時看到路邊疑似受傷的小鳥，爸爸也會打算要救起帶回家治療……

　　這樣的爸爸，為何會是最激烈反對我們養貓的人呢？

爸爸的真實想法

　　根據我的觀察，其實爸爸並不討厭貓，重點也不在「貓咪」這種動物身上。而是只要進了我們家的生物除了蟑螂，我爸一律都會當作自己的責任，納入羽翼之下嚴密保護，不讓我們受到一點傷害。養寵物其實是很沉重的責任，要注意的事情很多，尤其牠們生病時更會大受影響。也許，爸爸是不想再增加需要擔心的事情吧？

　　在接納柳丁之後，我們把果果帶回家時，爸爸會如此不高興的原因，除了覺得兩隻貓是兩倍責任之外，我還聽過爸爸嘟嚷著：「你們到時候該不會喜新厭舊吧？」擔心果果來了之後，我們會因

此而冷落柳丁。幸好，我想我們家的愛如泉湧，應該成功地讓柳丁煩不勝煩才是，嘿嘿嘿。

　　爸媽現在都非常疼愛貓咪們，我在旁邊看有時會覺得真的很好笑，但如果直接說出來，他們又會傲嬌地不肯承認。有次爸爸回到家裡放下東西，跟前來迎接他的柳丁、蘋果依序逼問完：「有沒有想我啊？」之後，馬上跑到研一房間去找小橘繼續逼問，我一直走到三樓還隱約聽得到他和貓咪們情話綿綿的聲音。

　　現在因為工作的關係，爸爸變得比較少能和貓咪們相處。但只要爸爸一回來，貓咪們的個性就會加倍任性，連小橘的叫聲都變得不一樣了。因為牠們知道可以撒嬌、可以耍任性的人回來了！只要爸爸一回來，早晚飯可以更早吃、吃更多，並且有不少額外點心可以享受。只要爸爸一回來，三隻貓肯定會圓滾上一圈。我們有次跟爸爸抗議餵得太多，爸爸卻一臉認真地說：「我怕牠們吃不飽……」

　　為了怕被我們罵，爸爸會躲在餐廳看不見的死角偷拿水煮肉或魚給貓咪吃，被我們發現後也不忘跟牠們告狀：「是姊姊不讓你們吃，不是我不給喔……」前陣子只是暫時讓爸媽帶著果果去台北兩個禮拜，回來時果果已經變成了一大團肉果果！（沉痛）

　　小橘有段時間最大的嗜好，就是趁爸爸吃飯時，窩在他腳邊喵喵叫著討食，知道爸爸疼牠，這個小子越叫越兇，越叫越不客氣。平常小橘都不肯自己花力氣爬上椅子的，這時候忽然變得很厲害，三兩下就翻上去，從各種角度進攻試圖摸到兩塊魚肉來嘗嘗。

　　如果我在場，爸爸會裝模作樣地說：「不行！」但私底下根據

爆料者的供詞，以及我自己不小心撞見過幾次，爸爸通常是一邊語氣柔軟寵溺地說著「不行」，一邊把挑好魚刺的肉緩緩送進貓咪嘴巴裡……

爸爸與三隻貓

　　爸爸也有非常幼稚的一面，有時他和柳丁笑鬧著追逐嬉戲，剛開始會聽見他「啊哈哈哈哈」的笑聲由遠而近，又漸漸變遠，來回數次。只不過，玩著玩著一人一貓都開始認真變臉，最後演變為怒吼廝殺。這般男子漢的戰爭並不罕見，而此時的我們，通常都是在旁邊憋笑，假裝沒看到。當然，大部分時間他們都很溫馨和樂的，尤其是吃飯時間。

　　果果則是有個令人煩惱的壞習慣——只要在床上放某一條爸爸的褲子，牠就會在上面偷尿尿。做壞事被罵了，或是帶牠去看完醫生，牠也會偷尿尿，甚至尿在爸爸的公事包裡。爸爸雖然很無奈，但只要確定果果身體沒有問題就好，大家之後都會注意不要在床上放衣服，尤其是那件褲子。

　　提到小橘，爸爸曾經用橡皮筋串成一大條繩子，成功讓小橘整隻活了過來。隨著甩來甩去的橡皮筋串繩，小橘會揮舞著胖爪爪與肥肚子在空中飛來飛去，模樣煞是可愛。但我很快發現橡皮筋串繩變得越來越短，原來這胖小子竟然只是想吃橡皮筋而已，於是我們趕緊速速把橡皮筋串繩封印起來。

　　只要提出對小橘有好處的要求，爸爸都會特地空出時間去完成。

　　為了包尿布方便而開始學著幫小橘剃毛，甚至也買了牠專用的寵物剃刀。爸爸從一開始把小橘剃得像狗啃一般，到現在已經能夠剃得非常完美、帥氣，還會把小橘轉來轉去反覆欣賞自己的作品。小橘因為爬行姿勢的緣故，尿布右側會磨傷牠的大腿，爸爸便拿來一大塊柔軟的粉紅色布料，一塊塊剪成同樣大小，並把邊角剪出造型（這花俏而無用的舉動深得我心），用來墊在尿布下面。我們偶爾會突發奇想一些不一樣的復健方式，爸爸即使下班已經很累，卻還是配合我們去買材料自製輪椅給小橘輔助使用。

　　但讓小橘學會在我們面前裝作「柔若無骨」的人也是爸爸，因為爸爸狠不下心訓練小橘多用自己的力量爬上椅子，總是會偷偷抱牠上去。只要小橘一裝可憐，明明知道牠是在演戲，爸爸還是會全部買帳。

　　我常會開玩笑地抱怨：「爸媽現在打電話回家，都是先關心貓咪不關心我們了！」但其實對於擁有這樣愛護動物的爸媽，我是打從心底感到非常驕傲而幸福的。

謝謝爸爸的愛。

兼容並蓄的貓主人──媽媽

　　媽媽在家裡是個思想相對傳統保守的人，以前的她在很多事情上都帶有陳腐的觀念：寵物不能養雙數、討厭貓咪因為牠們冷血無情、黑貓和白腳蹄的動物代表不吉利……

　　幸好，媽媽現在是個願意接受新觀念的人，大概是因為她的孩子們（尤其是我），一天到晚給她思想衝擊的關係吧，哈哈哈！

　　有時跟她討論一些正確的新觀念，像是準備迎接新生兒的家庭，到底能不能養寵物？（答案當然是可以的，最新研究已經證實，家裡有飼養寵物的寶寶，長大後反而不容易過敏。）或是以認養代替購買，以及流浪動物應該要以TNR¹代替一味無用的大量撲殺等，媽媽總是會認真聽我說，也都認真地聽進去，將原先的錯誤觀念摒棄。

　　最重要的是，被柳丁帥氣挺拔的外表與純真、可愛又好笑的行為舉止收服之後，媽媽已經不再是之前嚴重排斥貓咪的那個人了。

　　好幾次小橘身體出狀況，在我極度不安、四處尋找治療方法，甚至跟媽媽說想搭一早的高鐵衝回台北，只為了帶小橘去看醫生時，媽媽也只叫我要注意安全，在各方面都給了我強大力量的支持。雖然等小橘恢復健康後，我的驚慌失措被拿出來嘲笑，這件事我想就不要多說了……

溫柔心軟的媽媽

除去偶爾媽媽式歇斯底里的日子，絕大部分的時間裡，她對我們、對貓咪都是相當完美的母親（其實我想她對貓咪們大概更加慈愛了至少二十倍）。雖然我們為了保護家裡的毛孩子，一向不會去觸摸流浪貓、狗，但是媽媽對外面的流浪動物也都相當友善。

前陣子家門外突然出現一隻流浪花狗，隔壁養了很多狗的鄰居看牠可憐，常會去餵牠、幫牠換水，媽媽有時也會幫忙。我聽見媽媽氣憤地跟爸爸說，花狗竟然是原先的主人特地開車載到這裡來丟棄的，只因脖子上長了一顆腫瘤，所以主人不要牠了。

媽媽不斷碎念著：「真沒良心。隔壁養狗的太太很快就要搬走了，不知道花狗以後該怎麼辦？」

爸爸邊開車邊回：「那妳就辛苦一點，接下去餵牠嘛！」

媽媽說：「餵牠是沒問題啦，也沒有什麼辛苦的。可是牠脖子上的腫瘤該怎麼辦？不知道會不會惡化。現在是夏天還沒關係，等到天氣變冷的話，牠在外面該怎麼過夜啊？」

我忍不住加入討論，還說要不要乾脆去買一個大籠子放在外面，給牠遮風避雨，爸媽好像也沒意見。不過，鄰居搬家後沒多久，花狗也跟著不見了，希望花狗是被愛狗的鄰居一起收養了。

媽媽與三隻貓

柳丁非常熱愛媽媽，研一是牠的情人，可是媽媽是牠的主人。媽媽是小GAY貓丁德華在世界上唯一愛的女人。

不管媽媽走到哪裡，柳丁都會跟前跟後黏得超緊，腳步稍一停

歇牠就立刻躺倒翻肚，不放過任何獻媚的時刻。如果媽媽不理牠，柳丁就會惱羞成怒咬住媽媽袖子，但也只是輕輕咬著衣服一角，不會真的咬到她。（如果是我們，牠就直接咬下去了啊！）

媽媽在忙碌做家事的時候，即使旁邊總有個擋路的小礙事鬼，她對著一直奶叫吵著要吃飯的貓咪們，通常也只是無奈地柔聲安撫：「好啦，再忍耐一下。晚飯時間快到了啦！」

果果就更不用說，現在會如此無法無天，很大部分都是因為被媽媽寵壞了。基本上這孩子從小就沒什麼被管教過，我們家也不喜歡去改變貓咪天性。媽媽看電視的時候，蘋果常會窩到她腿上撒嬌討摸摸，但這臭小子摸一摸都會想咬人，媽媽只好高舉著雙手看電視。晚上睡覺時，果果也一定是睡在枕頭之間。不管是嫌貓砂髒了要人家清理、肚子餓想要吃東西，或是寂寞想找人陪牠玩耍，媽媽光是聽到果果的叫聲，就知道牠想幹嘛。

要乖乖聽媽媽的話喔！

　　我們家的貓咪習慣一天吃兩餐，份量固定，也幾乎不給額外的零嘴，照理說應該是控制得剛剛好，但柳丁和蘋果卻還是不斷發胖，這點實在是令我匪夷所思。當我跟媽媽提出這疑惑時，她也是說：「對呀，為什麼呢？是不是飼料餵太多啦？」

　　結果第二天，我馬上不經意撞見，坐在客廳裡吃著點心的媽媽，一臉「真拿你沒辦法呀」的表情，將一整片乳酪餅乾送進嗷嗷待哺的柳丁嘴裡……

　　對呀，為什麼呢，媽？

　　所以跟朋友討論貓咪維持體重的煩惱時，朋友說：「你應該先把你爸媽關起來吧！」隔代教養就是有這種煩惱，我相信這是很多養貓人的心聲啊。

　　原先鄭重聲明絕不幫忙照顧橘子的媽媽，現在也已經是擠尿、催便高手。每次幫小橘拍照，我一定會請媽媽在旁邊幫忙吸引牠的目光，大家都知道橘子看著媽媽的眼神才特別純真可愛，眼睛圓滾又明亮。

　　有段時間不知為何媽媽很喜歡抱著橘子對牠說：「小橘，我是好人。」問她這是什麼意思，她也只是一直重複「我是好人」這句話。而在好人媽媽懷中的橘子，眼神自然是圓滾可愛，一人一貓彷彿有著結界，那是我進不去的神聖地方……

　　自從發現小橘愛吃生菜沙拉，媽媽每天都會洗很多次不灑農藥的有機蔬菜給牠吃。即使在颱風過境、菜價高漲的時候，寧可我們吃少點，也不忍心讓期待著沙拉而眼神亮晶晶的小橘失望。

某次起床後，媽媽叫我去洗一些美國進口的蘿蔓葉給牠吃，並且叮嚀我：

「記得撕一塊一塊的比較好咬，還有牠只吃嫩葉，不吃比較硬的莖。」

「那剩下來的莖怎麼辦？」

媽媽馬上一臉理所當然地回答：「我們吃啊！」

而且這臭小子竟然還會吃膩，偶爾要變換口味換高麗菜、地瓜葉之類交替著吃才行。我只能說，人（貓）帥真好。

貓奴媽媽

爸媽都是節儉實用派的人，東西真的有需要才買，只要能用就好。尤其媽媽有潔癖，一點灰塵都會瘋狂掃乾淨，更受不了家裡東西太多、太凌亂。花俏而浪漫的小物根本就別想出現在她的購物清單裡。

現在他們的接受度可說是大大提升！不但願意忍受3份貓毛滿天飛（當然媽媽還是會瘋狂打掃），讓我們在家中四周放置貓咪玩具和毛毯，甚至在商店裡自己就會忍不住看起了貓用飾品。

貓咪們整天都是在家裡自由到處玩耍，但從牠們小時候開始，爸媽每晚都會把柳丁、蘋果抱進自己房間一起睡覺，導致現在牠們都習慣晚上一定回到爸媽房間睡。要不是蘋果會攻擊小橘，否則小橘絕對也會加入。證據就是只要蘋果和小橘沒有同在一個地點（蘋果在高雄、小橘在台北或相反狀況）時，爸媽都一定會把小橘抱到自己床上。

爸媽，還記得你們一開始討厭貓的設定嗎！

媽媽特地買給橘子的小斗笠

　　雖然有時被貓咪們調皮搗蛋惹到生氣了，媽媽會對我們怒吼著要把牠們丟掉，或者有人稱讚牠們可愛時，會開玩笑地說要把牠們送人；但當牠們生病不舒服或受傷時，媽媽嘴上說著：「又沒什麼大不了。」取笑我們的緊張，卻又會在貓咪們看完病，回家後第一時間湊過來問：「醫生說怎麼樣？」

　　有次媽媽又在嚷著要把貓咪送人，我忍不住回了句：「你才捨不得吧！」

　　媽媽還在嘴硬：「不會！我哭一哭就好了！」

註
———
①TNR：誘捕、絕育、釋放（英文：Trap-Neuter-Release，縮寫TNR），是一種取代安樂死的人道管理和減少流浪犬和流浪貓數量的方法，摘自「維基百科」。

🐱 宇宙大魔王——OHNONO

　　OHNONO是三姊弟中的老大，也是這本書一切的開端。她是家中第一個愛上貓咪的人，打開了全家成為貓奴的新一章。我甚至還懷疑她身上裝有落難小貓雷達，因為她的緣故，我們有過幾次手忙腳亂、救起奄奄一息小奶貓並送養的經驗。

落難小奶貓雷達

　　雖然次數不多，但我最怕聽到 OHNONO 跟我說的一句話就是：

　　「我今天發現了一隻小貓……」

　　這代表我又得開始不敢睡覺了，尤其 OHNONO 帶回來的奶

貓，一隻比一隻小，一隻比一隻虛弱。

　　OHNONO首先會用帶著歉意的語氣說：「白天我要上班，小貓就拜託你照顧好不好？晚上我會負責。」（我的工作在家裡進行，時間比較FREE。）我們準備好小貓照護筆記本，詳細記錄每個時段小貓喝的奶量、是否有便便、精神好不好，甚至是有沒有出來探險等。

　　晚上回到家後，我發現OHNONO真的會好好地做這些工作，但她實在是不像我這樣擅長熬夜。在第N次發現半夜握著奶瓶，坐在客廳睡死的OHNONO之後，我就決定半夜也由自己來照顧。

　　不過這些都不是問題，問題是小貓真的非常脆弱，總是讓我膽戰心驚地死盯著牠們盯到眼睛脫窗，深怕下一秒小貓就沒了呼吸。

　　上一次她帶小貓回來的前天夜晚，我在夢裡將妞妞從生病到夭折的所有過程跑了一遍，哭得上氣不接下氣地醒來。已經過了這麼多年，沒想到細節還是記得如此清楚，因此我對於照顧這麼小的奶貓，實在是充滿陰影。剛救起橘子的那段時間也總是會擔心地睡不著覺，現在想起來真是如同惡夢一般的回憶。

　　每當有人稱讚橘子很可愛時，OHNONO總會得意洋洋地說：「是不是覺得我救得好啊？」說真的，我只想扁她。就算我再怎麼慶幸當年救回小橘，也絕對不會附和她的。

　　當年那個下過大雷雨的午後，爬山返家途中、正昏昏欲睡的時刻，車子明明開得那麼快，只匆匆一瞥，就讓她發現了路邊水溝蓋上，用僅剩的前腳掙扎前進的小橘，並且堅持要將牠救回來。

　　希望OHNONO不要再發現任何落難小貓，應該說，拜託不要再有任何落難小貓了啦！

我們家三姊弟

我們家三個小孩從小感情就很好，常會窩在一起，很常吵架，但也瞬間就會和好。常常三人一撮的最大好處是做壞事也特別方便，詳情請見「橘子──初次見面」篇。

以前 OHNONO 國三時因為要準備考試，爸爸就讓她自己有一個房間好專心念書，但我和研一每天下課後依然直接往 OHNONO 房間報到，分房間根本就毫無意義。現在大家都長大了，偶爾還是會三個人一起出去玩、逛夜市，還會被我逼迫著陪我去逛手工藝品店。

她提議設立小貓基金，並在剛開始的每個月都確實強迫我們乖乖繳款。OHNONO 比任何人都注重貓咪們打預防針的時間，總是高度注意著貓咪的各種事情，也非常喜愛陪牠們玩耍。不過，她同時是貓咪世界裡的**宇宙大魔王**。（這幾個字請用紅線畫起來，下週要考。）

OHNONO 與三隻貓

OHNONO 對全世界的貓咪永遠都抱持著充沛的愛，對家中毛孩子們自然更是愛意滿點。養過貓的人都知道，對貓咪若帶有太過外顯而奔放的愛意是會有反效果的。

OHNONO 的愛濃稠而濕潤，她會把柳丁架在牆上逼牠：「說你愛我」；一把撈起果果說著：「來一發！」然後在床上滾來滾去；抱著小橘全身散發喜悅地顫抖，並且露出必須打上馬賽克的變

態式笑容。她是唯一能讓生化武器果繞路走的人，就連對食物異常執著的橘子，一聽到她下班回到家的聲音，也會立刻拋下正在吃的蔬菜沙拉迅速逃回房裡。

還有，我嚴重懷疑蘋果會進化成現在這樣的生化武器，除了被媽媽寵壞外，還有很大原因，是果果小時候有陣子吃飯，OHNONO都會先教牠拳擊的緣故。

我曾經有一次帶小橘去附近朋友家玩，到了傍晚，其中一個朋友「押切C」陪我把小橘帶回家吃飯時，OHNONO剛好下班到家，這是OHNONO和阿C的第二次見面，兩人還在生疏而客套的階段。

我和阿C才剛離開沒多久，臨時想到有東西忘了拿又折返回家，一打開門時，不小心撞見兒童不宜的畫面：正被OHNONO架在牆上，發出嬰兒般柔弱尖叫的橘子。大家彼此對視靜默了三秒，

連小橘都轉過頭來看。

OHNONO彎起嘴角邪惡一笑：「從此以後我們之間就沒有秘密了，阿C。」

但別擔心三隻貓在這樣的魔爪之下是否會過得膽顫心驚，OHNONO畢竟抱持的是真切的愛，貓咪們還是感受得到的。

即使會閃躲撲上來的OHNONO，柳丁和蘋果卻又很愛到房間去找她，果果還喝遍了所有OHNONO的水杯，連全燙的開水都不放過。雖然她的地位不像研一這麼高，看電視時丁德華還是偶爾會賞臉趴到她身上呼嚕嚕；當她趴在地上看書時，小時候的果果也很愛窩在她屁股上睡覺，到了現在依然很喜歡到她房間探險，找她玩耍。（接著就會看到一團馬賽克。）

等到小橘來了之後，在台北時都是住在我們房間裡。每天晚上小橘探險完畢，就會爬到OHNONO腳邊撒嬌，吵著要她抱到腿上摸摸，用頭熱切地頂OHNONO的手磨蹭，或是吵著要到她床上睡覺，用軟呼呼、肥胖胖的月餅掌推她。

然而，這一切熱情到了第二天就會消失，柳丁被捉住後會發出少女式的尖叫、果果繞路走只為避開她、小橘吃菜時聽見OHNONO回家，馬上棄菜逃逸的戲碼不斷捲土重來。我真是搞不懂貓啊！

雖然OHNONO的外表清秀而正常，內心卻住了個長滿落腮鬍的壯漢。在日本打工度假流浪一年，同時也忍受了整整一年沒有貓咪可擁抱的日子，她沒因偷襲路邊的貓而被警方逮捕，已經是很努力了呢。

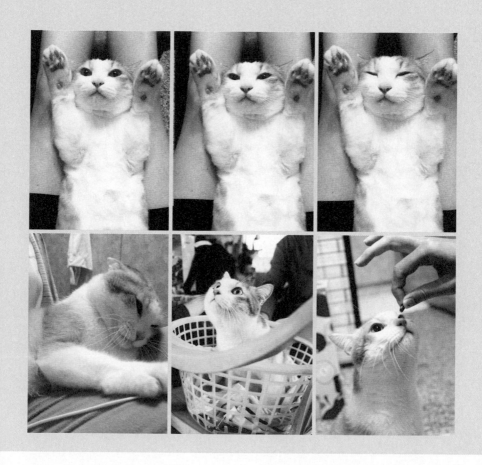

我跟自己約好寫這本書的內容絕不能愧對良心，但還是意思意思拿給OHNONO過目，問她這樣寫可不可以？結果她說：「你寫出來了，我難道不會被世人唾棄嗎？或者⋯⋯會被偵訊？或者⋯⋯你願意花錢幫我僱用貼身保鑣？（身高180cm以上，長相優質，未婚，歐洲血統更佳。）」

順帶一提，我也要貼身保鑣。我喜歡的是克里斯漢斯沃。

🐱 公貓世界的白雪公主——研一

研一這個名字是取自日本男星「松山研一」，因為研一跟他長得很像，連身高體重都頗相近，並不是研究所一年級的意思。

深藏不露的研一

研一在家裡每天和我們垃圾話一堆，但在外面話卻不多，還曾因此被表哥問過：「你是不是有什麼心理創傷，不然怎麼都不講話？」讓我和OHNONO笑得要死。

他不愛念書，成績不是很好，所以小時候有陣子我超擔心他在學校會被欺負，常叮嚀他：「被打要揍回去，不然我揍你！」（暴力派的男子漢姊姊）但他在學校卻曾當過學生會長，而且這件事情，我們全家當時沒有一個人知道。

有次家長座談會，媽媽到他的學校去，在教室附近抓了一個學生說要找研一，問他認不認識？

學生：「喔！要找我們學生會長嗎？」

媽媽：「……嗯……蛤？你說誰？什麼學生會長？」

他回來後，這件事被全家人取笑了數十遍，還跟他說：「你們學校選學生會長不看成績的啊？」（難怪研一不想給我們知道。）

過沒多久碰上他們學校的校慶，我們想著既然是弟弟負責的校慶，也深怕場面太冷清，姊姊們去捧場一下好了。

沒想到一進入研一的學校，跟我想像的完全不一樣。校慶辦得

和室友研一調情。

還挺有模有樣，十分熱鬧，攤位種類繁多而有趣；研一特地帶我們逛校慶的途中，不斷有迷途小羊跑來找他求救：

「會長，那個音響的配線有問題……」

「會長，XX廠商說要請你過去一下……」

研一也下指示一一將問題解決，感覺相當受到信賴。他個子高（180公分以上），在一群男學生中整個突出一截，站在後面稍遠點看著他忽然很感慨：「弟弟長大了呀，變得這麼可靠……」（其實他一直都很可靠啦，至少比姊姊們可靠。）

撿到小橘，住在外面的那段時間，我常常會打電話叫他來接我，研一總是會回我：「吃屎！幾點？」如果我跟他說不確定，叫他等我電話時，他就會握著電話等一整個晚上。

　　他學生時期參加過不少我聽都沒聽過的營隊，還曾利用假期跑去幫人家洗車為弱勢團體募款等，這都是事後我才知道的。某次和朋友討論後更發現，雖然他真的很不用功（這點我也沒資格說他啦），但跟別人的兄弟比起來，研一簡直是天使啊……雖然OHNONO抗議這樣形容他很噁心。

　　在家裡很多原本需要爸爸才能做的事情，都可以慢慢交給他了。媽媽不在家時是他每天負責澆花；我睡醒時，研一已經把衣服都洗好、曬好；我忙工作的期間，他甚至也把晚飯煮好、衣服摺好了。（大概經過一個禮拜之後，姊姊的良心才會冒出頭一點點，幫忙做些事。）

　　這樣的研一在我眼裡，不但受到男學生的歡迎（咦？），更是深深受到了公貓們的喜愛。

研一與三隻貓

　　每次去寵物店都會有一個現象：那些從籠子裡面伸出爪爪對著研一拚命撒嬌，想跟他一起玩或直接躺倒在地上翻肚子的，通常都是男生貓；而窩在原地捲手手做元寶，一臉淡然，偶爾才過來聞兩下的則都是女生貓，屢試不爽，十分有趣。

　　除了主人媽媽，小GAY貓丁德華滿腔熱愛 just for 研一，只有研一把牠抱起來時，不會得到少女式的尖叫；當研一坐在椅子上，

就算角度再艱困，丁德華也是硬要爬上去依偎在他的懷中。牠總會喬好姿勢後伸長兩隻前腳，攬住研一的脖子開始呼嚕呼嚕，連爸爸有次都對媽媽說：「你看柳丁的姿勢，他們好像情侶一樣……」

　　研一剛離家到虎尾念書的那段期間，我常見到默默坐在研一書桌上低頭沉思或打瞌睡的柳丁，實在是用情至深。這麼多年過去了，丁德華對研一的愛依舊一絲不減。（快來人給他一杯忘情水啊！）

　　而果果對我們家的人比較一視同仁，但小時候每次柳丁窩上去，牠也會像跟屁蟲一樣硬要一起窩，所以常看到一幅好笑的情景：研一伸直雙腳跨在矮桌上看電視，從身軀到腿上按順序窩了整齊的一大一小兩顆貓元寶。

橘王子的深情之吻。

現在由於果果和橘子必須得隔離開來，橘子就成了研一的室友，兩個人共用一個房間（小橘的占地可能還比研一廣）。兩個男人相處得十分愉快，橘子在房間裡時最是放鬆，很多超可愛的悠閒表情都是研一拍到的。通常我要幫小橘拍一些cosplay照片時，也都會選擇把場景布置在他們房間。

我們三個每天都會聊天，到了夜裡，研一常會傳些照片給我和OHNONO：「我實在是不想炫耀……」

打開一看，橘子用各種舒服的表情享受研一的摸摸，或者最常見到的是牠緊緊依偎在研一肚子上睡覺的背影，姿勢就像胎兒一樣。研一還會欠揍地補充說明：「一直在呼嚕嚕呢，好吵。」使得我倆怒極攻心。

真是奇怪，研一明明沒比我多做什麼賄賂，壞事（剪指甲、洗澡、帶牠們去打針、餵藥等）一樣也沒少做，但我們的地位卻相差甚遠。

拿起同一隻逗貓棒，我揮到筋骨斷裂也只得到貓咪冰冷的眼神，甚至直接走開使我的心更冷；研一拿起輕輕一揮就像施了魔法，貓咪們全都活了過來在空中飛舞，連最懶得動的小橘也常玩到氣喘吁吁。

到底是哪個環節出了錯？

我是不會死心的。下次一定要養隻母貓，最好是玳瑁，或是三花……

🐱 在世界底層呼喊愛的Zoey

如果要劃分我們家的貓咪社會金字塔，最上層的當然就是主人爸爸、媽媽，再來是公貓情人研一，OHNONO是範圍外涵蓋整個宇宙的大魔王，而最後在金字塔底層，並且再繼續往下的地底深處，就是我。

寵愛貓咪開關，ON！

在養小橘之前，我屬於不太跟寵物玩耍、廝磨的類型。雖然我很愛柳丁和蘋果，但除非他們來找，否則我很少會去抱貓或主動跟牠們玩，不像OHNONO全年無休24小時都呈現馬賽克狀。

撿到小橘後，不知道是開啓了我身上的哪個開關，我開始會抱著貓咪在椅子上、床上，甚至地板上打滾。在暗處埋伏等柳丁經過就飛撲而出，在果果睡得呆滯還沒清醒時抓著牠狂吻，貼著橘子的臉頰一起定住不動半小時。只要看到可愛貓咪照片或稍微聊到貓咪，就會毒癮發作，衝去找尋不慎路過的犧牲者（貓）。OHNONO總是邪惡地笑著說：「橘子就是有這股魔力。」

至於為什麼我的地位會這麼低，其實我也不知道。要是我知道的話，還會放任自己地位變得這麼低嗎？（聲淚俱下）最有可能的原因，大概就是我壞事做盡（剪指甲、洗澡、復健、看醫生、餵藥，甚至清耳朵也是我），一樣不少。

很多事情研一也做了，但他依然是公貓情人，就像之前明明復健是我們兩個配合，但小橘只有在看到我時會把頭低下、耳朵摺

平。只能說我就是輸在起跑點上吧，這群渾蛋小 GAY 貓……（大魔王 OHNONO 不列入人類範圍。）

橘子對我的意義

撿到小橘的那陣子，是我狀況最糟糕的時候。剛開始也許只是很簡單的小事，然而之後卻演變得越來越嚴重，我不敢讓家人知道，也不想去看醫生。

我覺得什麼都可以不要了，每天盡是思考著要用什麼方式才能最乾淨俐落地「解決」而不給人帶來太多麻煩。我把令我焦慮的東西全都撕碎、砸爛，銷毀所有不想遺留下來的東西，反正都無所謂了——唯一不知該如何處理的，就是橘子。

當時的小橘跟我一起住在工作室裡，身體才剛變得比較健康，每天都非常黏著我。雖然已經長成毛色亮麗、白白胖胖的小寶寶，但是未來還很渺茫，不知何時會被爸媽發現，也不知道以後又該怎麼辦。

現在想想，就是小橘拖延住我的腳步，我才有機會慢慢恢復。因為我在家工作，時間較能自己掌控，加上小橘身體的關係，不知不覺中我成了與牠關係最密切的人。所以，我比任何人都花了更多時間在橘子身上，但也比任何人都需要牠。

其實我一直都沒有特別重視動物保護的議題，也沒有打算做什麼偉大的計畫。日常生活中自然碰到許多動物保護相關的事情，我也是盡自己的力量而已，目前對我而言最重要的，就是保護好家裡的貓咪們。

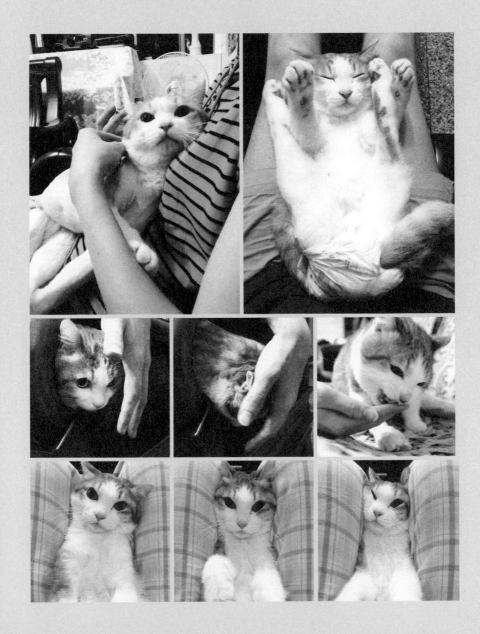

我們一家人都很平凡，每當看到有人說我們好心，雖然知道是出自善意，但還是會忍不住嘴角抽搐。兩個人輪班的時候還好，若我們三姊弟都在家，可是常常會為了今天該誰幫小橘復健、擠尿而吵架。現在週間時段都固定排好了，每到禮拜天則是用猜拳的方式來決定，那時勝負激烈則有如人生大事呢！

只是我們絕不會拿牠們健康開玩笑，吵歸吵，該做的都絕對還是會去做。這對我們來說並不是什麼了不起的道理，而是理所當然的事。

三隻貓的專屬設計師

小橘的衣服、飾品，還有道具佈景幾乎全都是我做的（少部分是我的收藏品）。我原本就是很愛手作的人，喜歡不切實際的花俏浪漫物品，買不起就自己做，常被媽媽痛罵又在做垃圾，以前都要偷偷摸摸地來。

唯一比較不會被罵的就是幫剛來的小奶貓做保暖衣物。為了包尿布方便，小橘從很小的時候就開始剃毛，冬天怕著涼會幫牠弄衣服來穿，而這件事情自然就落到了我身上。

每年冬天快到時，媽媽都會故意在我面前對小橘說：「小橘，你今年怎麼還沒有新衣服穿啊？」逼得我每年都要做一件新衣，但我又討厭做一模一樣的，太無聊了……於是變成每年都在構思新造型。不過目前為止，還是咖啡色的小洋裝最實穿。

我喜歡做小垃圾又喜歡拍照，貓咪們不管怎樣都可愛，當然要請牠們當媽斗啦！可惜的是只有小橘肯給穿戴飾品衣物（而且牠會挑喜歡的），柳丁和蘋果雖然也能穿衣服但會自己脫掉，帽子飾品

就完全沒辦法了。

　　平常我就喜歡拍三隻貓的生活照逼迫朋友們看，變裝秀一直都在家裡小小上演著，小橘的嫦娥裝也是排遣工作壓力下的成品。明明跟平常做沒兩樣的事，會讓這麼多人關注到小橘實在很意外。而且過了一年多的現在，還是有不少人一直在關心著橘子，甚至柳丁和蘋果，真的非常感謝！

　　我想分享遇見橘子後一路上遇見的人情溫暖，以及讓大家看看這隻叫橘子的癱瘓貓如今幸福的模樣，希望這是一本會讓人覺得療癒的書。

　　當然對我而言，最棒的一點是，現在做垃圾總算不會再被媽媽罵個半死了，耶！

型男公寓

用自己的手手當枕頭，小橘最近常出現的姿勢。

有一天當我清醒時發現——我們家給貓咪躲藏及玩耍的紙箱，有大有小，數量已經達到了一個不太對勁的地步。

事情的開始是某次在好市多結完帳，看到旁邊有個漂亮的蘋果紙箱，紙質厚實乾淨，箱子形狀完美、尺寸又夠大（畢竟家中毛孩子們體型甚巨），給貓咪們玩耍、躲貓貓，甚至磨爪爪都非常理想。

蘋果紙箱一搬回家果然受到了熱烈迴響，柳丁窩完換果果，小橘下樓後也迅速窩進去，牠們還會一大早吃完飯馬上衝下來卡位。即使時間過了很久，中間還歷經過大洪水（裝水的桶子倒在地上淹沒整個一樓），都沒有使它稍微受損，著實使人信賴，直到現在都還在用呢！小橘超愛它，還會在裡面用自己的手手搭著突起的邊角支撐臉頰，模樣超可愛。

從那之後，只要看到覺得不錯的大紙箱，我們都會把它們搬回家，陸續還有 CK 內褲紙箱（名為型男公寓），或者郵局大型的便利箱也是相當熱門，在網路購物寄來的包裝紙箱也全部留了下來。

每次總想著：「說不定牠們會更喜歡這個紙箱呢！」而就算是比較不常被光顧的紙箱，也會想：「其實果果滿喜歡在這個地點偷窺外面的……」而繼續放著。因為貓咪喜歡高的地方，有些地方

還會用兩個紙箱堆疊成大樓，也可以讓牠們選擇自己喜愛的樓層居住。

再來，紙箱還會讓人覺得「有需要的時候還可以拿來裝東西呢，真是實用」，但當真的需要裝東西時，腦海裡總會浮現其中一隻貓窩在裡面的畫面，並想著：「萬一這個紙箱不見了，牠會有多傷心啊？」只好再去弄個新的紙箱來。

結果等我某天醒來時發現，家裡到處都堆滿了紙箱，幾乎快要無路可走，而我們竟然沒有一個人覺得不對勁。

有一次在我帶小橘回台北看醫生的期間，爸媽去了一趟好市多，結帳時也不忘準備幫小橘帶著牠熱愛的蘋果紙箱回來。他們看來看去都沒有空的蘋果紙箱，所有箱子裡面都裝滿了蘋果。於是，爸媽徵得工作人員同意後，捲袖開始當起蘋果工人，兩人分工合作把蘋果們一顆一顆小心翼翼地運往別的紙箱裡，來回數趟。我光是想像那情景，就覺得既溫馨又好笑。

辛苦是值得的，箱子一搬回來小橘又速速窩了進去，喜歡得很呢！謝謝爸媽！

🐱 橘王子的專屬座椅

　　幾乎所有家貓都不愛外出，當然小橘也是一樣，牠早就忘了自己當年曾在外面流浪討生活過。

　　家裡的三隻貓中，丁德華只要一到外面就會引吭高歌，之前開車搬到高雄時，牠一路從台北唱到高雄，開著 Highway 演唱會 Non-stop；而果果剛開始會安靜無聲地發著抖，安靜到需要我們一再確認是否真的把牠帶出來了，漸漸地，柳丁的歌聲裡加入果果的嗷嗚奶叫，差不多唱到台中的時候，小橘才終於忍不住加入。

　　聽一隻貓獨唱很痛苦，兩隻貓合唱很無奈，到了三隻貓合唱時，反而就變得很好笑了。貓咪三重奏有種幽默的喜感，意外地還滿好聽的。

　　若沒有特別需要（像是打預防針、健康檢查等），我們當然不太會強迫貓咪出門，另一方面也怕牠們跑掉會有危險。但是小橘不會跑掉，出門的接受度也比哥哥們高，所以我們偶爾會帶牠出門去曬曬太陽，或到山上呼吸新鮮空氣。

　　每回帶著小橘搭車時，基本上都是由媽媽抱著坐在副駕駛座，小橘緊緊挨著媽媽不會跑掉，但我們還是會帶一個外出袋讓牠害怕時有地方躲。牠是隻小鴕鳥，害怕時以為只要把頭埋進去就會覺得沒事了。

　　小橘一開始出門時會害怕地發抖，但過了一小段時間後，牠總會抗拒不了好奇心而從袋裡探出頭來，拉長脖子東看西看。看膩了

外面的風景、車子或人，牠就會開始熱切地注視正在開車的爸爸，目不轉睛。

如果爸爸稍微和牠對到眼，小橘就會跟爸爸說話（雖然不知道在說什麼），聲音輕柔而婉轉，幾次之後又會變得雄厚激昂，好像不開心爸爸沒專心聽牠說話。爸爸偶爾會趁空檔伸出手摸摸牠的頭，牠就用頭努力磨蹭爸爸的手，但次數一多，爸爸就會被媽媽罵：「開車要專心啊！」

不過我懂，畢竟被這樣烏溜溜、水汪汪的深情目光注視，實在是太容易把持不住了（顫抖）。當然開車中的爸爸還是很專心的，大家要注意行車安全哦！

大家眼裡的橘王子

研一眼裡的橘王子，如情人般嬌媚。

OHNONO 眼裡的橘王子，如戰士般壯烈。

而我眼裡的橘王子，就只是個下班後的小老頭，連撒嬌都很敷衍……

橘王子明星照特輯

將軍橘

情人節橘比特

美濃貴公子橘

兔兔橘

Part 3

橘王子的日常生活

魚湯盛宴——讓貓咪喝水的方法

夏天天氣熱，高雄更是熱到讓貓咪們連喝水都懶，於是依照醫生的建議在水裡面攪了一咪咪咪咪罐頭，果然效果十足。

不過效果顯然好過頭，才放過兩三次，早上幫橘王子擠完尿之後，牠就會在水盆旁繞圈圈，並且用誠摯的眼神看著我們喵喵叫。

之後每個人經過放有罐頭的冰箱那一帶時，都分外小心翼翼、躡手躡腳、輕聲細語，千萬不能驚動橘王子，不能讓牠發現你正要打開冰箱……

為了增加貓咪們的喝水量，幾乎所有養貓的朋友都曾經過一番苦戰，用盡了所有的方法。我們家也正試圖將牠們的飼料換成全濕食，先以主食罐為主。（乾食與濕食哪種好見仁見智，請查清楚之

後，以自己認為對家裡貓咪最好的方式餵食吧！）

　　我們算是相當幸運，尤其每次看到柳丁吃飯我都忍不住肅然起敬。不管加了多少水，甚至水多到飼料都變成比稀飯還稀的狀態了，柳丁依然會毫不猶豫把頭埋進碗裡大吃。果果比較不擅長吃罐頭，速度稍微輸給柳丁，還喜歡一直分心東張西望，但也會慢慢把攪了水的飼料全部吃完。只有小橘這個小子會挑食，到底是從哪裡學來的呀！

挑戰！解決挑食

　　其實一開始小橘也是會馬上全部吃完的，但我們想多方嘗試，期間曾給牠們吃過一款氣味超重的主食罐，小橘愛得不得了，之後再換回來牠就不肯吃了。

　　罐頭倒出來放太久怕牠吃了會拉肚子，過一段時間就得倒掉；原本也想使用「不吃就準備餓肚子」的招數，但我實在無法狠下心，一看到牠稍微掉肉肉就心疼得要命，更怕其實牠不是挑食，而是身體不舒服所以才不想吃。

　　好在這小子只要一換成乾飼料，或者比較香的鮪魚副食罐就肯馬上吃光光，屢試不爽，根本只針對我們選定覺得比較適合的主食罐發難。為了這挑食的寶寶，媽媽特地額外準備水煮雞胸肉讓我們切成細小塊狀，再加入1到2匙副食罐瘋狂混合（混得不夠徹底牠還能精準挑出主食罐不吃），早餐也分成兩份改為早、午餐，避免罐頭得面臨全部倒掉的命運，總算讓這位小少爺比較願意提升吃完的機率。

　　雖說只加兩匙副食罐就肯吃算是很乖的了，而且比起身體不舒

服，挑食真的是簡單得多，但我還是希望橘子不要老挑戰我的心臟強度，只要牠一不吃飯，我也會擔心地吃不下。（更可惡的是我還不會掉肉。）

　　唉！如果時光能夠倒流，我絕對不會再讓牠試吃那款價格昂貴、氣味濃郁的主食罐了⋯⋯

討食賣萌的床邊少女橘。

橘王子的賓士車

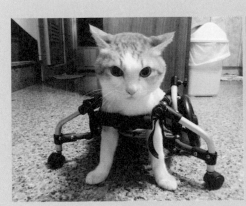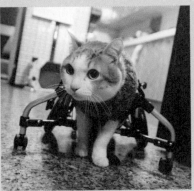

開設橘王子粉絲團沒多久，某天有位朋友Kinny留言，說她們家有個已經用不到的寵物輪椅，問我有沒有需要，身為王子僕人的我當然是速速厚著臉皮去信問清楚詳情！

晉升有車族的橘王子

在這之前，其實爸爸也曾幫小橘做過一架簡易輪椅，是朋友塔西在網路上看到好心人分享製作方法，特地貼給我看的。

另一位朋友yuii則將超可愛魚群圖案布料車成堅固復健帶，用來支撐橘子腹部，再請朋友阿C和組長幫忙帶來。

一開始小橘放上去後就完全不知道該怎麼走了，組長耐心地輕輕推著牠走了幾趟之後，牠馬上進步神速。但是當小橘走到不想走

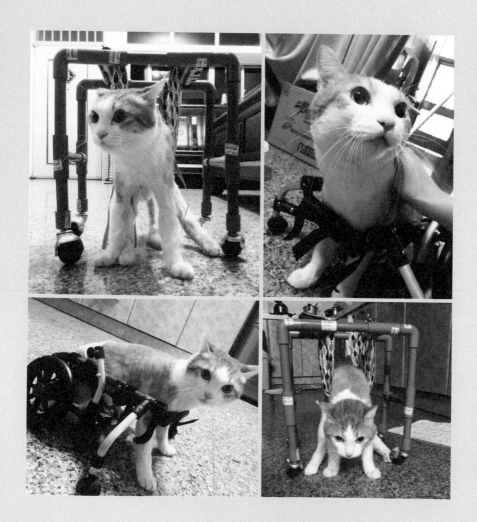

了耍脾氣時，就會用兩隻胖腳掌外八死死按著地板煞車，那樣子實在有夠好笑！

　　其實當時我在一旁心情有點複雜。五年來都看著牠在地上爬，從沒看過牠這麼接近正常貓咪的姿勢。雖然只是依靠輪椅，後腳都還不會使力，第一次看到牠四隻腳站立的樣子很不習慣，內心卻又覺得好感動。（就像牠如果自己把尿布脫掉趴在旁邊，我也會覺得好像少了點什麼。）可惜的是，即使有了自製輪椅，也許是因為設計太簡易，只適合接受度高一點的狗狗。再加上我們輪子買得也不夠好，很難轉彎，所以小橘一直都很抗拒。

　　Kinny 的這架寵物用輪椅，是專門給貓狗使用的，設計上也能比較貼近牠們身型。一看到輪椅時我都要尖叫了，太高級了吧！輪椅是藍與黑的配色，外型比想像中還要帥氣、輕巧，極適合帥哥到處兜風和搭訕。而且，第一次搭上輪椅，就像開賓士車一樣的橘子因為害怕看起來臉很臭，可是在我們看來卻好可愛啊！（吶喊）

　　我和媽媽一直忍著笑拚命稱讚牠帥死了、帥死了！摸摸可以讓牠暫時放下仇恨表情變得紓緩些，但是手一離開牠又會開始不高興，超級可愛。小橘不爽就一直煞車或倒退嚕，得慢慢地讓牠習慣才行，因此為了讓牠覺得「輪椅＝好事」，開賓士車的當天都會讓牠喝魚湯！

　　小橘收到了非常寶貴的禮物，正式晉升有車族！

開車車做運動

　　這台輪椅不愧是為寵物量身打造，駕駛起來的流暢度實在沒話說。開了幾次車車之後，某天小橘忽然就變得相當上手，在客廳不

但能走比較長的一段路，還會自己轉彎，甚至加速衝進紙箱。

不過，我們並沒有很常讓牠開車車。原先的出發點是希望讓小橘行動更加方便，但說真的小橘現在身手已十分矯健，除了不能跳上高處或爬樓梯之外，其實牠行動並沒有什麼不方便，坐上輪椅後反而讓牠無法到處探險。

在家開車車會一直撞到家具、爬不上椅子，連桌子底下都變得不能鑽。而且每次將牠從輪椅上抱下來的時候，都可以明顯感覺到牠變得很快活，看起來如釋重負。

在害怕辜負 Kinny 心意，以及小橘是否會變得不快樂之間苦惱擺盪，我們最後決定：將輪椅編入復健的一環，偶爾強迫小橘運動用。

有開車車的當天運動量較大，晚上復健和便便通常會比較順暢。再加上小橘長期都歪同一邊爬行，脊椎已經側彎，我們很擔心繼續下去太嚴重的話，會壓迫到內臟，所以最起碼開車車的時間至少可以讓牠脊椎稍微休息。

最近 OHNONO 有了新發現！小橘為了從輪椅上逃脫，後腳會來回擺動像小踏步一樣使力，有點類似走路的姿勢。不知道繼續練習下去，牠會不會比較能隨心所欲地使用下半身呢？總之先強迫牠努力一陣子試試看，最近每天都會給牠開車車。

無論如何，小橘受到這麼多人的關愛真的好幸福。這些有形物體代表的意義絕不僅止於此，謝謝朋友們一直以來對小橘付出的愛，希望牠可以越來越進步！（至少也不要退步。）

羅密橘與茉麗麥

　　某一次幫橘王子買罐頭的時候，主婦研一順便買了小麥草種子想試種，之後幾天全心投入地熱情種植（明明就只是擺在旁邊架子上而已）。這是我們的第一次嘗試，研一每天都欣喜地跟我們報告狀況。

　　研一和OHNONO都是有整理癖的人，錢包裡的鈔票一定要頭對頭、數字對數字排好。小麥草當然也不例外，某次媽媽碰了他用甜點盒開墾的小麥草田，研一就忍不住偷偷抱怨：「媽媽破壞了我完美的排列！」

　　附帶一提，我剛好完全相反。我實在是受不了那種整齊得要命的排列，看到就好想把它弄亂。我更受不了的是，剛種下去種子豎立在土壤中的小麥草模樣，好像很多粉刺啊、啊、啊、啊、啊！光想我就起雞皮疙瘩，研一每次都會故意拍照傳給我看。

看見小麥草時的性感眼神

等到小麥草長得差不多了，我們便恭敬地放在橘王子面前，請牠給點感想。不枉費研一的細心呵護（就說只是擺在架子上而已），橘王子顯然相當滿意，不但會吃，看樣子還相當熱愛。只要稍微靠近架子，橘王子就會一直奶叫著要吃草，注視小麥草的眼神深邃而性感，彷彿羅密歐與茱麗葉。吃完了還不肯放棄，一直檢查我的手裡還有沒有，我走來走去牠就跟著爬來爬去。

從此小麥草就成拍照三大神器之一，另外兩樣是媽媽和點心。

三隻貓裡面只有小橘會吃小麥草，乾燥貓草一開始只有牠愛吃，蔬菜沙拉也只有牠會吃。柳丁和果果只喜歡吃研一用兩罐不同牌子精心調配的貓草[1]，不過神秘的是，果果會偷喝蔬菜湯。

不知道這是什麼原因，難道小橘流浪過有差嗎？

註
---
①不要問我是怎麼調的啊，應該是他亂調的吧！

🍊 人有百百款，貓睡姿也有百百款

橘王子屬於很愛跟人撒嬌的貓咪，每天晚上幾乎都吵著要到床上，探險完畢後依偎著令人忌妒的幸運兒研一呼嚕呼嚕直至入眠。

有陣子研一中午都會把橘子抱上樓，本意是要讓牠來叫醒作息顛倒的我，但最後變成了我每天陪王子睡。牠會睡到整顆頭都壓在我手腕上，真的超有份量，爪爪按在我手上害我動都不敢動，呼吸也不敢太大力，結果全身痠痛。

大概是下半身知覺傳達遲緩，牠常常睡出異常扭曲的姿勢，翻肚子也都只翻上半身。

英文字母橘

　　最常見的睡姿是 V 字橘。雖然知道貓咪身體柔軟，但在旁看了還是有點怕怕的，所以我們一看到都會去幫牠翻正一下。另外還有 Z（S）字橘，這姿勢實在是又扭曲又好笑，看得我腰都痛了。先生你也嘛顧一下下半身⋯⋯

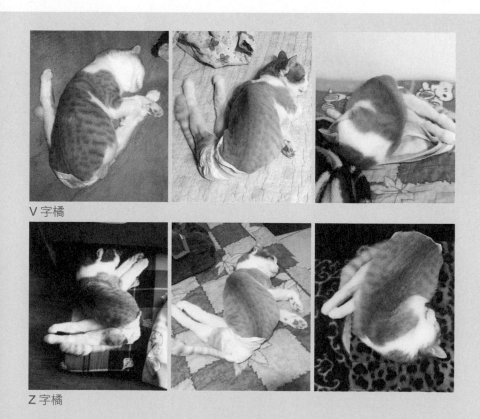

V 字橘

Z 字橘

海馬寶寶橘

　　橘子睡得很熟的時候，還滿常看到這樣的姿勢。通常會一陣掙扎，小手亂亂揮之後慢慢平靜（大概是作夢或伸懶腰），然後繼續睡。

流浪貓橘

　　去年搬家時，暫時沒有買可愛家具給牠的預算，但我們還是精心幫牠佈置了牠的窩。我們偷偷地從一樓把很貴的豹紋墊拿上來，和我的椅墊一起鋪在紙箱旁，還有一塊牠喜歡的灰色地毯，心情好

會在那裡抓抓，如果媽媽稱讚牠很帥，牠就會抓得更起勁。但是，不知道怎地牠就是有辦法把自己弄得像隻流浪貓，是因為配色不夠可愛嗎？

　　到底問題出在哪呢？到底為什麼牠看起來如此無家可歸呢？說起來除了紙箱跟貓隧道不用錢，其他都還滿貴的啊！

　　不過，總之能睡得舒服最重要啦！

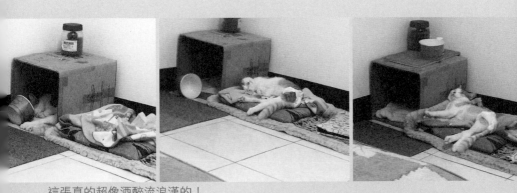

這張真的超像酒醉流浪漢的！

暗夜復健客

為了不讓小橘的後肢肌肉繼續萎縮，從牠正式征服爹娘住進家裡開始，除非有特別原因，我們每天都會幫牠復健，風雨無阻。（在家裡當然風雨無阻）

原先復健的方式是由一個人舉著，另一個人按摩整條後腿肌肉，研一還找過貓咪穴道的資料給大家一起研究。每天至少復健半小時的緣故，OHNONO現在能一隻手舉著3、4公斤的小橘，另一隻手還拿著電視遙控器轉台，而我基本上是負責幫牠按摩肌肉、穴道的人。只不過，某一次在牠突發暫時性的呼吸困難之後，現在的復健方式改為讓小橘躺在我們打直的腿上，再幫牠揉捏兩隻後腳，如此對牠的身體負擔較小。從牠每次都在復健時間睡死，還曾經做夢再自己驚醒來看，我想這個方式確實是舒服很多……

努力是有收穫的。剛撿到小橘的時候，牠後腿軟綿無力、沒有肌肉，拖行在後面就像一塊破布。現在除了多少長出了一些肌肉之外，當牠很興奮的時候後腳也會踢起來，被踢到還會有點痛呢！

而復健的收穫不只反應在小橘身上，也強健了我們的體魄：撿到小橘之前，我到夜市玩射箭時弓都拉不滿，才復健半年之後再去玩，不但拉得輕輕鬆鬆而且箭箭射中紅心，真是令人心情複雜的額外驚喜。

通常幫牠按摩之後不知是否氣血通暢，這時再幫牠擠尿、擠便會比較順利，接著再幫牠把尊貴之軀擦拭乾淨就包上尿布纏上膠帶，大功就告成了！

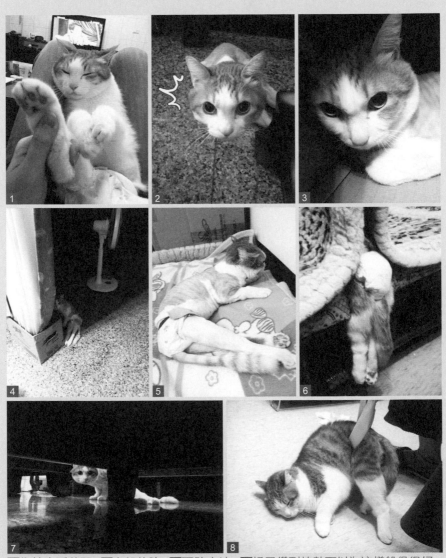

1 復健中睡著了。3 哀怨的臉。5 面壁大法。6 橘子鑽到椅墊下以為這樣躲得很好，不知道自己屁股都露出來了。8 軟倒在地上耍賴，不想復健的橘子。

逃避復健的橘王子

　　身為復健主角的橘王子，其實自己根本不需要出力，每次都是我們手痠得要死，牠則輕鬆掛在另一個人手上睡覺，睡嗨了還會把整顆頭重量壓在舉著的人手上。每當我按摩得肩膀痛得要命、手也痠麻時，一抬頭卻總能得到一張閉上眼睛睡得安穩的臉；或者按摩時間太久，小橘就會不耐煩地扭動增加我們擠便的挑戰性。做完復健，牠還會有媽媽預先準備好的沙拉和小麥草可以吃，這些種種條件聽起來，復健對牠來說根本就是頂級享受了吧！

　　然而，每次快到要幫牠復健的時間，牠都會給我彷彿受虐貓一般充滿哀怨與控訴的臉，或者使用「我看不見你，所以你也看不見我」大法，躲在角落面向牆壁就以為人家都看不到牠。躲在窗簾後，竄到桌子下，著再被捉回來，這些是每天都要上演好幾次的場景。

　　某一天依照慣例，我在差不多該復健的時間下樓，橘王子也很給面子地開始以恐怖片主角的眼神看著每一個人，尤其是我。一時興起跑去趴在地上拍牠的照片時，研一剛好拿著復健都會放在下面的盤子經過，因此拍到了一張充滿張力的電影劇照。（真想在研一手上加畫一把染血的鐮刀啊！）

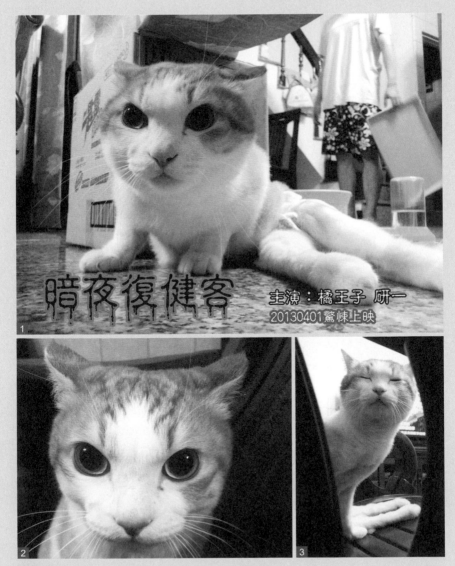

暗夜復健客

主演：橘王子 研一
20130401驚悚上映

2 3 「我不想復健！啊……何時才會有人來救我……」

家有暴露狂

【橘王子代言人／高雄報導】

　　日前高雄市白天就出現大膽暴露狂，一名叫做研一的男子在自家二樓驚見暴露狂脫下的褲子連忙報警，全家總動員到處找尋之後，赫然發現嫌犯就躲在紙箱裡！過沒多久，現場貓贓俱獲，嫌犯最後被判處面壁思過。

　　其實貓咪全裸才是正常現象，但不知道為什麼每次小橘把尿布脫掉，看起來都有股不協調的詭異感，可見尿布已經是小橘的基本配備了。

　　小橘從快要一歲起就包尿布到現在，也從那時開始剃毛。牠到一、兩歲的時候還會自己排泄，屁股附近的毛因為沾上尿液等，常使牠皮膚起疹子甚至受傷。那時剛好夏天快到了，於是爸爸第一次幫牠剃了毛。

　　我會被 OHNONO 和研一稱為「尿布達人」不是因為包得有多迅速，或是包得多帥氣，而是因為只有我包的尿布鬆緊適中卻又無比堅固，讓小橘滿屋子爬行探險也幾乎不會掉下來。然而小橘的毛一旦變長，即使由我來包，尿布還是很容易就脫落，所以到了冬天小橘一樣會被剃毛，只不過看情況有時只會改剃包尿布的三角地帶。

　　現在小橘變得不太會自己上廁所，得依賴我們催便、催尿，但依然包著尿布。一開始也考慮過乾脆就不讓牠穿尿布了，結果牠歪著身體東爬西爬，竟然把屁股著地的那一側磨破皮。

　　所以現在包尿布的用意，基本上就是為了保護牠的屁屁。偶爾牠喝比較多水、玩得太 HIGH 或有坐輪椅（開車車）的話，會自己尿一點，但還是需要靠我們幫牠擠乾淨。不知道是幸或不幸，至少我們不用太擔心牠會因尿褲子而得到癱瘓貓常有的濕疹。

橘子的性感包尿布開腿。

桌上風光

　　一般貓咪跳躍力極佳，跳到高處對牠們來說輕而易舉，像柳丁就可以從地面直接跳到我上舖的床，非常厲害。但也因此如何保護食物不被牠們偷吃真是個難題，跳到餐桌上就像逛自家後花園一樣。

　　不過這件事情小橘當然就無法辦到了，媽媽每次都喜歡說：

　　「如果小橘有辦法偷跳到餐桌上，菜就任牠吃！」

　　或者對牠說：

　　「小橘啊，你如果現在站起來用四隻腳跑步，我就買Ｌ○Ｎ○ｗ的運動鞋給你！」

　　爸爸提過怕牠自己跳下來會受傷，連前腳也受傷的話就完了，所以通常超過一定高度我們就不太敢讓小橘自己待在上面，床和椅子也是盡量有人陪著的時候才讓牠上去，或是在牠會跳下來的地方鋪上軟墊等。

　　因此，偶爾把小橘抱到桌子上，牠就會露出像小貓一樣非常好奇的表情。這時牠心情也會變得很好，看看窗外小鳥、車子、行人，四處張望，然後轉過來用頭頂我們的手討摸摸，像在證明我沒忘記你哦！然後再轉回去繼續看風景，超級可愛。

專注地看著窗外的橘王子，認真的男人最帥！

🍊 包尿布教學

有不少人問過我是怎麼包的，才可以讓小橘奔跑玩耍甚至甩尾，尿布都不會掉？其實很簡單，而且老實說，牠很偶爾還是會自己脫尿布啦！

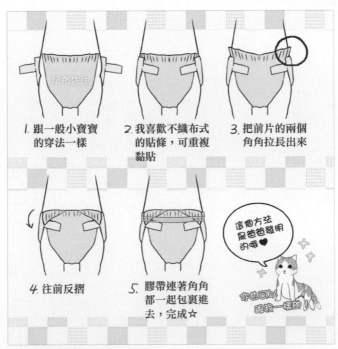

1. 跟一般小寶寶的穿法一樣

2. 我喜歡不織布式的貼條，可重複黏貼

3. 把前片的兩個角角拉長出來

4. 往前反摺

5. 膠帶連著角角都一起包裹進去，完成☆

這個方法是爸爸發明的哦♥

你也可以跟我一樣哦！

癱瘓貓貓包尿布法

橘王子使用的是初生兒 size 的尿布，在尾巴處剪一個洞出來，不用包得太緊，剛剛好貼合貓貓身體即可。

橘王子100問（其實只有48個）

小橘小檔案
....

本名：橘子
生日：2007年約4月
性別：帥哥
品種：橘眼橘虎斑米克斯
暱稱：橘王子、小橘
原因不明的下半身癱瘓，因為看到
牠拖著下半身在路邊爬行，怕牠死
掉才撿回家。光著屁屁爬行會破皮
受傷，因此隨時包著尿布。喜歡吃
蔬菜，全身上下都圓滾滾是最大特
色。還有，牠左眼下面的不是眼屎
是花紋啦！

1.家裡的成員與橘王子的關係之人類篇

小橘特別喜歡跟爸爸媽媽撒嬌，至於最喜歡哪個……這我就不
知道了。

媽媽：媽媽
爸爸：可以予取予求的人
研一：室友
OHNONO：宇宙大魔王
Zoey：僕人

2.家裡的成員與橘王子的關係之貓咪篇

丁德華（柳丁）：巨星與瘋狂粉絲。

生化武器果（蘋果）：狩獵者與獵物。

3.橘王子的復健過程？每天大概復健多久？

總之就是把後腳的肌肉全部捏過幾遍，像馬殺雞一樣。捏牠肌肉時，牠會不由自主地用力踏動，就會達到運動效果。還有按摩肉墊的穴道也很不錯喔！

時間則不太一定，主要看牠後腳每天的狀況。如果今天腿腿很有力會一直踢動，就做比較短時間，如果都沒什麼運動到就會做久一點。

按摩應該是不會痛，但小橘好像不太喜歡被強迫做這些運動……所以每天到了復健時間，總是會閃躲我們的視線，好像沒看到我們，我們就不會看到牠了，做著如此消極的小小反抗。

4.請問每天都要幫橘王子擠尿、擠便嗎？換尿片時要像小嬰兒一樣，沖屁屁或擦擦毛嗎？

是的，我們現在固定一天擠尿四次，摸摸肚子若發現有便便也是一起擠。水喝比較多的時候，就會增加擠尿次數。

擠完便便、尿尿當然要幫牠擦屁股，這樣才能保持屁屁乾爽。我們會用濕紙巾幫牠擦乾淨，太髒的話就會直接幫牠洗澡。

5.橘王子的尿布是嬰兒用的嗎？是不是有動物專用的？大概一天要換幾塊？

小橘用的是初生兒的尿布，在尾巴部位剪一個洞就可以了。因為牠已經不太會自己排泄了，一整天下來其實還是滿乾淨的，一天換一片就可以。

6.橘王子每天都包著尿布，會不會得尿布疹？會給牠用爽身粉嗎？

以前會用爽身粉，也會特別注意牠是不是尿尿了，如果有尿就會馬上幫牠換掉；但既然現在已經不會自己上廁所了（只有很偶而會尿一點），尿布通常就真的只是防止受傷用，反而不太需要擔心這個問題。

7.橘王子會不會咬尿布？

不會，會咬牠尿布的是果果，因為上面有小橘的氣味。所以果果也只咬用過的尿布……

8.請問橘王子的尿布如何能甩尾而不掉？

包好尿布之後，我們會在腰部再用膠帶圍上一圈，雖然不是保證不會脫落（畢竟牠偶爾會自己脫褲……）不過確實是牢固了很多。可以翻至第100頁參考「包尿布教學」。

9.橘王子為什麼要剃毛？怎樣才能剃得漂亮？

一開始是為了包尿布方便，因為小橘的毛比較長又滑，家裡也只有小橘會剃毛而已。還有，牠屁屁附近的毛沒剃的話，常常沾到尿又擦不乾淨，久了也會尿毒感染而受傷。夏天很熱，小橘討厭吹冷氣，如果開了冷氣牠一定會離開，如果不剃毛牠會癱在地上不想

動，連水都懶得喝。剃完毛之後，牠才會馬上生龍活虎到處探險。

　　至於怎樣剃得漂亮，果然還是需要經驗累積吧，爸爸剛開始剃也是像狗啃的⋯⋯

　　不過小橘很乖，剃毛時雖然很害怕，但是牠不會亂動，只會用眼神求救。

10.橘王子可以使用輪椅嗎？

　　可以，小橘也擁有自己的賓士車，是好心的網友Kinny送的。（可以參考「橘王子的賓士車」篇）

　　但是，貓咪不像狗狗這麼容易接受輪椅，而且小橘其實活動上沒有什麼特別不便的地方，牠跑得還是超快，有時候還抓不到，所以現在主要是拿來當作復健的一環。

11.橘王子都一直側一邊的，這樣脊椎沒關係嗎？

　　當然有關係，牠的脊椎已經有點歪歪的了，以前會把牠扳正，但是牠一動馬上又回到原本姿勢。牠只有吃飯的時候因為不會亂動才會稍微保持正姿，吃完又會側一邊，問過其他癱瘓貓友，似乎大部分的癱瘓貓都會這樣。

12.橘王子會亂抓人或咬人嗎？

　　不會亂抓人（被抱出去外面或去浴室時會緊張地抓緊衣服），只有在牠很開心玩太嗨，或者偶爾窩在紙箱裡保衛地盤時才會咬人，可是咬了一口之後會馬上倒地翻肚子賣萌。

13.橘王子在什麼情況下會生氣？

大部分都是不耐煩的時候。所以通常都是復健到後來會開始不高興，但是牠生氣到了極點也只會發出「哼哼哼」微弱的打雷聲而已，一點威嚇力也沒有。有一次我幫牠剪指甲時剪一隻爪子就親一口，到最後牠終於生氣了。

14.橘王子不爽時的舉動？撒嬌是什麼樣子？

前面說過了，牠即使生氣也只是打雷貌。

撒嬌的時候會一直用頭去頂你，要你摸牠，用力之大有時候自己會站不穩差點跌倒。有時候也會翻肚子（只能翻一半）或是用眼神加上呼嚕攻勢。復健和被迫開車運動時非常會裝可憐撒嬌。

15.橘王子萬一想上下移動時會怎麼樣？

叫僕人們來伺候，有五個可以用呢！

如果是牠搆得到的地方，像是矮床或有墊子的椅子，其實牠前腳力氣很大，可以爬得上去。只是如果有僕人可以抱牠上去時，為什麼不用？因此沒人在的時候牠身手矯健，有人在的時候牠就會變得柔若無骨。

16.橘王子的叫聲？

牠的叫聲很奶，還很會演戲，充滿感情。

17.橘王子會說夢話嗎？

會喔，第一次洗完牙當天，牠很生氣地說了好幾句夢話，非常可愛。還有牠也常常夢見自己在吃東西，嘴巴會不斷咀嚼。

18.橘王子喜不喜歡被摸肚肚？

沒什麼特別喜不喜歡，可以摸，牠只是會疑惑地聞一下你的手。

19.橘王子平常都吃什麼？為什麼可以肥得這麼可愛？

小橘其實不胖，牠只是骨架大（這句話是真的）。牠因為下半身癱瘓不能吃太胖，維持在3.5～4公斤左右。大頭這種東西，是天生的。

20.橘王子不喜歡被碰的時候會怎麼告訴你？會叫還是會移開？

正常情況下牠都會很開心地給摸，甚至自己用頭頂你的手。如果是不認識的人，牠也只會眼睛瞇起來認命地給摸。復健和牠還不想上樓的情況之下，能逃的話牠就會直接迅速跑走，跑得可飛快了。

21.橘王子會不會一直旁邊要有人陪著？

小橘是隻很愛撒嬌的貓，所以看不到人（通常是媽媽）時，常會發出很可憐的叫聲到處找人。不過有時牠也會很享受男子漢獨處的時間。

22.橘王子戴什麼牌子的瞳孔放大片？

這是商業機密。

23.橘王子最喜歡吃什麼？

　　基本上能吃的牠都很喜歡。但牠會挑食，沒那麼喜歡的就會不吃來表明心志。如果發現沒人甩牠，通常還是會乖乖地吃掉。罐頭目前都很喜歡，小麥草也喜歡。

24.為什麼橘王子喜歡吃沙拉？怎麼發現的？

　　其實我也不知道為什麼，可能是因為流浪過，為了活下去什麼都吃吧？媽媽某天洗菜時橘王子在一旁喵喵叫，洗了幾片給牠，發現牠全部吃光光，之後就開始了每天至少兩次的沙拉時間。

25.橘王子最喜歡什麼天氣？

　　沒有特別喜歡的，但是小橘會怕打雷及任何巨大的聲音。

26.橘王子最喜歡的玩具？

　　以前為了讓牠多運動，試了多種玩具都沒有用。貓草包也還算喜歡，但是沒味道之後就不要了。最後發現最能讓牠運動的就是追星，所以媽媽常讓小橘去追逐丁德華，另外就是擁有神之手的研一手上的繩子。

27.橘王子喜歡被拍照嗎？

要看王子心情，不過有幾次拍照拍到一半牠看著鏡頭就開始呼嚕起來了……王子還會挑相機，同時有很多台相機對著牠的話，牠只會看最貴的那台。天生的偶像架子啊！

28.橘王子傷心的時候是什麼樣子？

我還真想不出來橘王子什麼情況下曾經傷心過，希望沒有讓牠傷心的時候。

29.橘王子最喜歡窩在哪裡？

各種墊子上、毛巾上、研一的床、一樓，以前是客廳與餐廳的交界處，現在則是蘋果紙箱和波浪床。

30.橘王子會不會吃醋？

也許會，有時候會叫著要人家注意牠。

不過跟貓吃醋倒是不會，因為比起我們，丁德華更具有吸引力。（蘋果不能跟小橘共處一室。）

31.橘王子什麼時候會呼嚕呼嚕？

小橘滿喜歡呼嚕的，有時晚上睡覺前只是蹲在牠前面，牠就會忽然開始呼嚕了。而且呼嚕超級久，久到我忍不住懷疑牠的呼嚕系統是不是有問題。

32.便便處理問題？

跟擠尿一樣，是由我們幫牠催尿、催便便。

33.癱瘓貓平均開銷？

以小橘的狀況來說，最花錢的應該就是尿布和濕紙巾，還有透明膠帶（固定用），但是相對地牠完全不需要貓砂支出。

34.請問橘王子每天的生活作息？

早上5點開始貓咪們三重奏唱歌吵著要吃飯，吃飽之後放小橘出來散步甩尾，玩累了就跑去吃媽媽準備好的沙拉，7點擠第一次尿。接著回去睡午覺，睡醒之後巡視一下和研一共同的房間，或是懶洋洋地什麼也不做，12點第二次擠尿，擠完尿又吃沙拉，在客廳玩耍或到門口偷看街道。

果果吵著要出來的話，就把小橘抱回房間玩耍或睡覺，4點多開始唱歌吵著要吃晚餐，6點擠第三次尿，擠完尿吃晚餐。吃飽了休息一下又被抱下樓開車車運動，再回到樓上房間裡玩耍或睡覺。

晚上12點幫牠按摩復健完擠第四次尿，有時候玩到不肯上樓，等研一準備要睡覺了再下樓把牠抱上去，在床上親親熱熱呼嚕嚕撒嬌。晚安！

35.橘王子喜歡人家抱嗎？

小橘很喜歡人家摸摸，但抱抱通常都是希望我們抱牠到床上或椅子上，只是也不算討厭就是了。

36.橘王子會不會想舔屁屁的毛？

小橘其實比較少梳理下半身，我覺得牠常常忘記那是牠自己的身體……

37.橘王子會玩自己的尾巴嗎？

至今沒有看過。

38.橘王子的星座？

四月出生的寶寶，應該是牡羊座吧？

39.橘王子都是自己洗還是送洗？怎麼美容保持美麗的毛毛？

都是自己洗，但小橘自從開刀之後現在毛都長得醜醜的。

40.橘王子平常有吃什麼保健品？

都沒有，剛撿到的一兩年都會買修復神經的維他命給牠吃，但好像沒什麼用處。

41.橘王子看到狗會有什麼反應？

沒有特別反應，會看到狗都是在動物醫院時，牠緊張得沒時間理會狗狗。

42.橘王子的追星甘苦談？

我想牠應該相當熱愛追星，因為就算牠很害怕丁德華會反過來攻擊牠，卻總是樂此不疲，也還好丁德華脾氣好，不跟牠計較。

不知道從何時開始小橘看到丁德華就會苦苦追上去，即使丁德華不理牠，牠還是會躲在門後、窗簾邊、桌子下、轉角處……在各種地方著迷地望著丁德華，真感人。（拭淚)

43.橘王子真的是男生嗎？為什麼總是穿女裝？

牠確實是隻公喵。總是穿女裝是因為女裝比較好做啊！而且很可愛嘛，我喜歡！你想怎樣！（代言人惱羞成怒！）

44.橘王子的襪子是去哪裡買的？

牠所有的襪子都是朋友自己做來送給我的喔！

其實材質就是一般的襪子，有需要的人可以買現成的襪子去改就可以了。

45.橘王子的照片是用什麼拍的？

有時候只是手機拍的，我現在用的是 iPhone5；有時候是用了多年的單眼相機Nikon D80。

46.可以辦橘王子粉絲見面會嗎？

謝謝大家對於橘王子的厚愛，但是牠畢竟還是家貓，而且膽子很小，人多吵雜的地方應該會嚇到牠。如果有很多不認識的人摸牠會讓牠更緊張，所以暫時不會有這種可能，請見諒。

47.請問橘王子都吃哪些菜呢？

　　我們只有固定給牠吃高麗菜、空心菜、地瓜葉、蘿蔓葉這幾種，另外聽說小豆苗也可以，有機店買得到，都是生吃。其他不確定可不可以讓牠吃，就不敢拿給牠了。一定要先洗乾淨，如果是沒有農藥的有機蔬菜更好。

48.橘王子有沒有試過一些醫療，像是水療、針灸？

沒有試過，有機會很想試試看，不過這些可能都需要長期持續的治療，暫時沒有預算也沒有時間。如果現在有錢，會先給牠們作為每年的健檢基金，還有買更好的主食罐。

打呵欠也可愛。

照顧癱瘓貓心得分享

　　當初開啓橘王子專屬部落格，就是因為和牠相處了最多的時間，從一開始的手足無措到稍微有了些心得，想仔細地把這些事情記錄下來並分享一下。如果有人和我們一樣，突然碰到一隻癱瘓貓卻又不想輕易放棄牠的生命，我想這些心得也許多少可以給點幫助。

　　後來，果然收到過不少同樣撿到癱瘓貓，或因為小橘而想要給癱瘓貓一個機會的朋友來信。這真是令人既開心又感傷，開心的是又有一隻癱瘓貓能有得到幸福的機會，感傷的是，又有癱瘓貓了……

　　一些比較常見的問題幾乎都差不多，每隻貓咪的狀況不同，我只就橘子的狀況說明比較需要注意的幾點：

　　1｜　除了固定擠尿、擠便之外，因為牠有包尿布，就更要注意尿道悶熱、發炎之類的狀況。如果癱瘓貓會自己上廁所，就要小心會不會有褥瘡或濕疹，跟小寶寶一樣盡量不要悶在濕的尿布裡。褥瘡、濕疹跟尿道發炎是我最怕的三件事。

　　不過只要養成定時擠尿、擠便，想到時就去檢查一下牠的屁屁，基本上應該就沒有問題。醫生說最理想情況是一天4小時擠尿一次，但如果時間不許可的話，最好也是大約6小時一次。

　　小橘生活中多出來的支出就是尿布跟膠帶，但相對地牠完全不需要貓砂。

3 I have a dream。 5 強盜橘。 6 橘子口味焦糖瑪奇朵

2 ｜ 小橘都會歪同一邊爬行（有其他貓友說家裡的癱瘓貓也是這樣子），不包尿布到處爬行的話屁屁會受傷，而右腳大腿包尿布邊的地方也都被磨到沒有毛了，怕牠繼續磨擦到受傷，所以爸爸都會剪一塊柔軟的布墊著，髒了就換。

家裡地板都很光滑，貓咪除了屁屁以外的地方都有毛，比較不會受傷。家裡所有小角落最好也能盡量打掃乾淨，供牠們探險用。地板上不要放置危險物品，容易被扯落的重物也都要小心收好，若有電線類可能會纏住牠們。像小橘這種有異食癖的貓更要小心。

3 ｜ 癱瘓貓也要保持基本的活動量，像小橘這麼懶得動的孩子，我們就會放丁德華出來給牠追，或請研一出馬使牠活起來。雖然牠無法像正常貓一樣跳來跳去，但可以當作復健運動。

另外，最好每天按摩後腳防止繼續萎縮及過度僵直，小橘的後腳一點都不僵硬，甚至還有點肌肉，這也是我最得意的事情之一。還有體重也不能太胖，以免身體負荷不了。

4 ｜ 很多人說自己一個人住，會擔心是否能夠勝任照顧癱瘓貓的責任。我個人的狀況是建議有人可以偶爾支援，甚至共同照顧，這樣在心理上的負擔比較不會太大，若有突發狀況或偶爾想出個遠門也比較沒問題。

但這僅是我個人的狀況，因為我知道有好多人是自己一個人照顧癱瘓貓，而且都照顧得非常好哦！

其他的部分大概就像普通貓咪一樣，平常注意牠們的飲食、

排泄、活動力，讓牠們每天過得開心就可以了。照顧癱瘓貓真的不難，也許需要多一些細心，但照顧普通貓咪其實也是如此啊！雖然牠們身體上有些殘缺、部分癱瘓貓需要多點照顧「手續」，這卻也因此能讓我們與貓的心靈更加靠近。

　　最後我也一直堅持主人自己的生活要保持一定的水準，當然不是得要過得多奢華或吃山珍海味，而是要讓自己生活過得好，身心健康才能支撐起寶貝貓的生活。

　　以上是我個人的心得並非專業知識，依照每隻貓咪的狀況不同，建議直接請教醫生需要注意的地方會更安心。

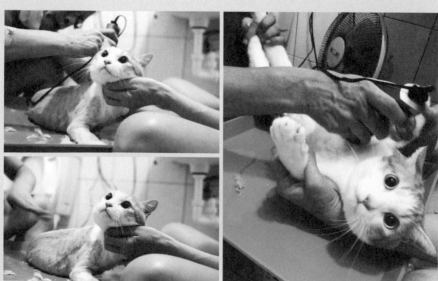

剃毛中的橘子

後記

　　原本只是像平常一樣將自己打扮的小橘照片放到網路上跟朋友們分享，不知為何卻受到這麼多人的青睞，也讓許多人對橘王子有興趣更進一步了解，關於這點真的很感謝。畢竟每隻寵物在主人眼裡都是最可愛的，寵物被稱讚誰會不高興呢？

　　在嫦娥橘照片到處被轉發，當大家都還不清楚牠身體狀況時，有不少人擔心是虐貓，把貓咪的腿綁成直直的拍照；而在搞清楚狀況之後，又有人說我靠貓咪殘缺來博取注意。可是當小橘爆紅的時候，大家根本就還不知道牠是癱瘓貓啊！

　　最初會答應寵物新聞記者的採訪，是想將我們一直以來所感受到的溫暖和幫助跟大家分享，知道還是有這麼多善良的人也許就在你身旁，希望原本不了解的人能夠對身邊辛苦照顧流浪貓的人伸出援手。

　　我們照顧小橘沒有什麼特別的，照顧癱瘓貓咪的人比你想像中來得多更多，而且我們家貓咪們這麼可愛 in my heart，我多想逼全世界看看牠們啊！

　　其實台灣的癱瘓貓真的很多，但幸運得到照顧的卻不多，而得到照顧之後，能夠找到自己的方式存活下來的又更少了。有很多貓因為身體因素，儘管主人盡力照顧，還是夭折。

　　這點我想小橘算是比較幸運的，我也希望牠能永遠幸運下去。雖然說照顧上比起一般貓咪確實多了一些手續，但要說辛苦，其實也是習慣了就好。我覺得最辛苦的應該還是貓咪自己，尤其是因為癱瘓而帶來的傷處、濕疹或褥瘡等問題，真正承受痛苦並奮力作戰的還是牠們自己！

傷口很痛、身體很不舒服，但還是希望牠們可以熬過去，健康地活下來。帶著近乎是半強迫的心意希望牠們更努力，還有好多有趣、快樂的事情想讓牠們體驗，還想讓牠們變得更幸福。當然最希望的是，不要再有因虐待、車禍或任何人為因素造成的癱瘓動物了。

　　我的小寶寶，希望你和柳丁、蘋果哥哥都能一起活得更久、更健康、更快樂也更完整。

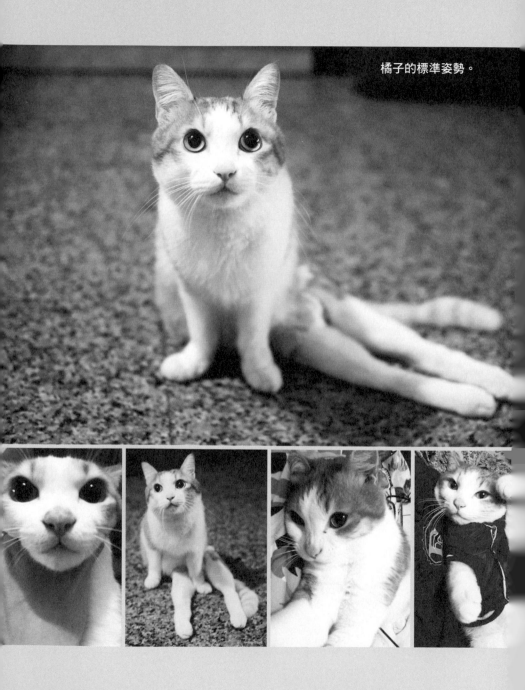

橘子的標準姿勢。

END

圓神出版事業機構 ■ 方智出版社
用心耕作財富・豐饒無限寬廣　　Fine Press

http://www.booklife.com.tw　　　　inquiries@mail.eurasian.com.tw

方智好讀系列　47

尿布甩尾的每一天：橘王子和貓奴家族的爆笑生活實錄

作　　　者／Zoey（橘王子代言人）

發 行 人／簡志忠

出 版 者／方智出版社股份有限公司

地　　　址／台北市南京東路四段50號6樓之1

電　　　話／（02）2579-6600・2579-8800・2570-3939

傳　　　真／（02）2579-0338・2577-3220・2570-3636

郵撥帳號／13633081　方智出版社股份有限公司

總 編 輯／陳秋月

資深主編／賴良珠

專案企畫／賴真真

責任編輯／蔡易伶

美術編輯／王 琪

行銷企畫／吳幸芳・涂姿宇

印務統籌／林永潔

監　　　印／高榮祥

校　　　對／賴良珠

排　　　版／杜易蓉

經 銷 商／叩應股份有限公司

法律顧問／圓神出版事業機構法律顧問　蕭雄淋律師

印　　　刷／國碩印前科技股份有限公司

2014年2月　初版

你本來就應該得到生命所必須給你的一切美好！

祕密，就是過去、現在和未來的一切解答。

——《The Secret 祕密》

想擁有圓神、方智、先覺、究竟、如何、寂寞的閱讀魔力：

◪ 請至鄰近各大書店洽詢選購。

◪ 圓神書活網，24小時訂購服務

　免費加入會員・享有優惠折扣：www.booklife.com.tw

◪ 郵政劃撥訂購：

　服務專線：02-25798800　讀者服務部

　郵撥帳號及戶名：13633081　方智出版社股份有限公司

國家圖書館出版品預行編目資料

尿布甩尾的每一天：橘王子和貓奴家族的爆笑生活實錄 /
Zoey（橘王子代言人）著. -- 初版 -- 臺北市：方智，2014.02
224面；14.8×20.8公分 --（方智好讀系列；47）

ISBN：978-986-175-341-6（平裝）

855　　　　　　　　　　　　　　　　102026474